普通高等教育机电类规划教材

数控技术实训教程

主　编　张南乔

副主编　张淑兰

参　编　周庆贵　李化强

主　审　朱晓春

机械工业出版社

本书重点介绍了应用广泛的 FANUC、SIEMENS 和华中数控系统，主要内容有数控车床编程、数控铣床编程、加工中心编程、数控机床操作与加工、数控装置接口与连接以及数控系统基本调试功能。本书突出数控机床操作加工、基本调试与接口连接，每章均附有习题及思考题。本书以实用技能培养为重点，贴近实际工业生产过程，突出应用型人才培养特色。

　　本书为高等学校机电类专业本科生的数控技术实习、数控技术课程的实验教材，也可作为高职机电类专业学生先进制造技术的实训教材，以及数控机床培训及第二课堂数控技术创新培训教材使用。还可以供企业从事数控技术应用的工程技术人员作参考。

图书在版编目（CIP）数据

数控技术实训教程/张南乔主编. —北京：机械工业出版社，2009.2
普通高等教育机电类规划教材
ISBN 978-7-111-26006-6

Ⅰ. 数…　Ⅱ. 张…　Ⅲ. 数控机床－高等学校－教材　Ⅳ. TG659

中国版本图书馆 CIP 数据核字（2008）第 211491 号

机械工业出版社（北京市百万庄大街 22 号　邮政编码 100037）
策划编辑：刘小慧　责任编辑：刘小慧　严远波
版式设计：张世琴　责任校对：李秋荣
封面设计：姚　毅　责任印制：乔　宇
北京机工印刷厂印刷（三河市南杨庄国丰装订厂装订）
2009 年 2 月第 1 版第 1 次印刷
184mm×260mm ·11.5 印张·282 千字
标准书号：ISBN 978-7-111-26006-6
定价：20.00 元

前　　言

　　数控技术是制造业实现自动化、柔性化、集成化生产的基础，是关系到国家战略地位和体现国家综合国力水平的重要基础性产业，数控技术的水平和数控机床的拥有量是衡量一个国家工业现代化水平的重要标志。随着我国国民经济的高速发展，数控技术的应用急剧增加。为了适应机械制造业发展的新形势，迎接面向 21 世纪的教学改革，培养大批高素质掌握数控技术的应用型人才更是当务之急。为此，我们结合多年的教学实践经验，组织编写了《数控技术实训教程》一书。

　　本书主要以实用技能培养为重点，介绍了应用广泛的 FANUC、SIEMENS 和华中数控系统，主要内容有数控车床编程、数控铣床编程和操作、加工中心编程和操作、数控装置接口与连接以及数控装置基本调试功能。突出数控机床操作加工、基本调试与接口连接，贴近实际工业生产过程，突出应用型人才培养特色，提高人才就业竞争力。

　　本书为高等学校机电类专业本科生的数控技术实习、数控技术课程的实验教材，也可作为高职机电类专业学生先进制造技术的实训教材，以及数控机床培训及第二课堂数控技术创新培训教材使用。还可以供企业从事数控技术应用的工程技术人员作参考。

　　本书由淮海工学院张南乔担任主编并负责全书统稿，张淑兰担任副主编。第一章由张南乔编写，第二章由李化强、张南乔编写，第三章由张淑兰、张南乔编写，第四章由张淑兰编写，第五章由张淑兰、张南乔、李化强编写，第六、七章由周庆贵编写。

　　全书由南京工程学院朱晓春教授主审。

　　限于编者水平，书中错误与不妥之处在所难免，恳请读者批评指正。

编　者

目　　录

第一章 数控机床概述

第一节 概 述

数控机床是用数字化的信息来实现自动控制的机床。它将与加工零件有关的信息（工件与刀具相对运动轨迹的尺寸参数，切削加工的工艺参数，以及各种辅助操作等加工信息）用规定的文字、数字和符号组成的代码，按一定的格式编写成加工程序单，然后通过控制介质输入到数控装置中，由数控装置经过分析处理后，发出各种与加工程序相对应的信号和指令进行自动加工。

数控机床的运行处于不断的计算、输出、反馈等控制过程中，从而保证刀具和工件之间相对位置的准确性。

一、数控机床的特点

数控机床在机械制造业中得到日益广泛的应用，是因为它具有如下特点：

(1) 能适应不同零件的自动加工 数控机床是按照被加工零件的数控程序来进行自动加工的，当改变加工零件时，只要改变数控程序，不必更换凸轮、靠模、样板或钻镗模等专用工艺装备。因此，生产准备周期短，有利于机械产品的更新换代。

(2) 生产效率和加工精度高，加工质量稳定 数控机床可以采用较大的切削用量，有效地节省了机动工时。它还有自动变速、自动换刀和其他辅助操作自动化等功能，使辅助时间大为缩短，而且无需工序间的检验与测量，所以比普通机床的生产率高3～4倍甚至更高。同时由于数控机床本身的精度较高，还可以利用软件进行精度校正和补偿，又因为它是根据数控程序自动进行加工，可以避免人为的误差。因此，不但加工精度高，而且质量稳定。

(3) 能高效优质完成复杂型面零件的加工，生产效率高 其生产效率比通用机床加工可提高十几倍甚至几十倍。

(4) 工序集中，一机多用 数控机床，特别是自动换刀的数控机床，在一次装夹的情况下，可以完成零件的大部分加工，一台数控机床可以代替数台普通机床。这样可以减少装夹误差，节约工序之间的运输、测量和装夹等辅助时间，还可以节省机床的占地面积，带来较高的经济效益。

(5) 数控机床是一种高技术的设备 数控机床价格较高，而且要求具有较高技术水平的人员来操作和维修。尽管如此，使用数控机床的经济效益还是很高的。

二、数控机床的组成及分类

数控机床的基本组成包括加工程序、输入/输出装置、数控装置、伺服系统、辅助控制装置、反馈系统及机床本体，如图1-1所示。

数控机床可以根据不同的方法进行分类，常用的分类方法有按数控机床加工原理分类、按数控机床运动轨迹分类和按进给伺服系统控制方式分类。

1. 按数控机床加工原理分类

(1) 金属切削类数控机床 金属切削类数控机床有数控车床、数控铣床、数控钻床、

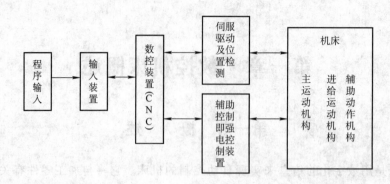

图 1-1   数控机床的组成

数控镗床、数控磨床、数控镗铣床等。加工中心（MC）是带有刀库和自动换刀装置的数控机床。

（2）**金属成形类数控机床**   金属成形类数控机床有数控折弯机、数控弯管机和数控压力机等。

（3）**数控特种加工机床**   数控特种加工机床有数控电火花线切割机床、数控电火花加工机床、数控激光加工机床等。

2. 按数控机床运动轨迹分类

（1）**点位控制数控机床**   这类机床控制系统只控制工具相对工件从某一加工点移到另一个加工点之间的精确坐标位置。而对于点与点之间移动的轨迹不进行控制，且移动过程中不作任何加工。通常采用这一类系统的设备有数控钻床、数控镗床、数控冲床等。

（2）**直线控制数控机床**   这类机床控制系统不仅要控制点与点的精确位置，还要控制两点之间的移动轨迹是一条直线，在移动中能以给定的进给速度进行加工。采用此类控制方式的设备有数控车床、数控铣床等。

（3）**连续控制数控机床**   这类机床控制系统又称为轮廓控制系统或轨迹控制系统。这类控制系统能够对两个或两个以上坐标方向进行严格控制，即不仅控制每个坐标的行程位置，同时还控制每个坐标的运动速度。各坐标的运动按规定的比例关系相互配合，精确地协调起来连续进行加工，以形成所需要的直线、斜线或曲线、曲面。采用此类控制方式的设备有数控车床、数控铣床、加工中心、数控电加工机床、数控特种加工机床等。

3. 按进给伺服系统控制方式分类

（1）**开环控制数控机床**   这类机床控制系统不装备位置检测装置，即无位移的实际值反馈与指令值进行比较修正，因而控制信号的流程是单向的，如图 1-2 所示。

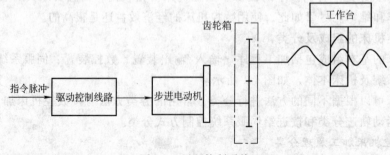

图 1-2   开环控制系统

（2）闭环控制数控机床　这类机床控制系统是带有位置检测装置，将位移的实际值反馈回去与指令值比较，用比较后的差值去控制，直至差值消除时才停止修正动作的系统，如图 1-3 所示。

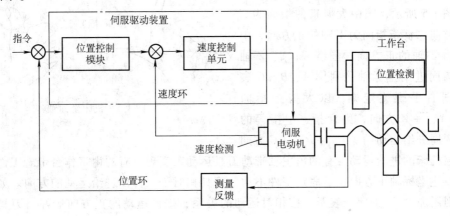

图 1-3　闭环控制系统

（3）半闭环控制数控机床　这类机床控制系统是闭环系统的一种派生。它与闭环系统的不同之处是将检测元件装在传动链的旋转部位，它所检测得到的不是工作台的实际位移量，而是与位移量有关的旋转轴的转角量。因此，其精度比闭环系统稍差，但这种系统结构简单，便于调整，检测元件价格也较低，因而是广泛使用的一种数控系统，如图 1-4 所示。

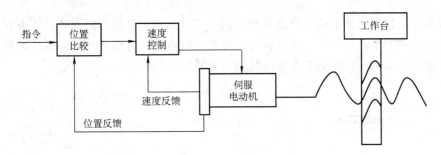

图 1-4　半闭环控制系统

数控机床品种繁多，结构各异，但是仍有很多相同之处。数控车床可进行平面任意曲线的加工，可车削圆柱、圆锥螺纹，具有刀尖半径补偿、螺距误差补偿、固定循环、图形模拟显示等功能，适合于加工形状复杂的盘类或轴类零件。

数控铣床是目前广泛采用的数控机床，主要用于各类较复杂的平面、曲面和壳体类零件的加工，如各类模具、样板、叶片、凸轮、连杆和箱体等，并能进行铣槽、钻、扩、铰、镗孔的工作，特别适合复杂曲面模具零件的加工。

加工中心适于加工箱体类零件和具有复杂曲线的工件。

第二节　数控机床坐标系

一、机床坐标轴

为了简化编制程序的方法和保证程序的通用性，人们对数控机床的坐标轴和方向的命名制订了统一的标准，规定直线进给运动的坐标轴用 X、Y、Z 表示，常称基本坐标轴。X、Y、Z 坐标轴的相互关系用右手定则决定，如图 1-5 所示，图中大拇指的指向为 X 轴的正方向，食指指向为 Y 轴的正方向，中指指向为 Z 轴的正方向。围绕 X、Y、Z 轴旋转的圆周进给坐标轴分别用 A、B、C 表示，根据右手螺旋定则，以大拇指指向 $+X$、$+Y$、$+Z$ 方向，则食指、中指等的指向是圆周进给运动的 $+A$、$+B$、$+C$ 方向。

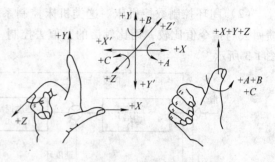

图 1-5　机床坐标轴

数控机床的进给运动，有的由主轴带动刀具运动来实现，有的由工作台带着工件运动来实现。上述坐标轴正方向，是假定工件不动，刀具相对于工件作进给运动的方向。如果是工件移动则用加 "′" 的字母表示，按相对运动的关系，工件运动的正方向恰好与刀具运动的正方向相反，同样两者运动的负方向也彼此相反。

在基本的线性坐标轴 X、Y、Z 之外的附加线性坐标轴指定为 U、V、W 和 P、Q、R。这些附加坐标轴的运动方向，可按决定基本坐标轴运动方向的方法来决定。

机床坐标轴的方向取决于机床的类型和各组成部分的布局，数控铣床 Z 轴与主轴轴线重合，刀具远离工件的方向为正方向 $+Z$。X 轴垂直于 Z 轴，并平行于工件的装夹面，如图 1-6 所示。

数控车床是以其主轴轴线方向为 Z 轴方向，刀具远离工件的方向为 Z 轴正方向。X 轴位于经过主轴轴线的平面内，垂直于主轴线，与中滑板运动方向相平行，且刀具远离主轴轴线方向为 X 轴的正方向。CJK6032 车床的各轴方向如图 1-7 所示。

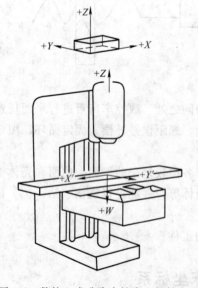

图 1-6　数控立式升降台铣床坐标轴方向

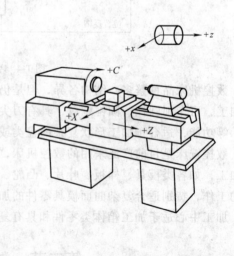

图 1-7　数控车床坐标轴方向

二、机床坐标系、机床原点、参考点

机床坐标系是机床固有的坐标系，机床坐标系的原点也称为机床原点或机床零点。这个原点在机床制造调整后，便被确定下来，它是固定的点。如果以机床原点为坐标原点，建立一个 X 轴、Y 轴与 Z 轴的直角坐标系，则此坐标系就称为机床坐标系。

为了正确地在机床工作时建立机床坐标系，通常在每个坐标轴的移动范围内设置一个机床参考点，机床起动时，通常要进行机动或手动回参考点，以建立机床坐标系。机床参考点可以与机床零点重合，也可以不重合，通过机床参数指定参考点到机床零点的距离。参考点为机床上一固定点。其固定位置由 X 向、Y 向与 Z 向的机械挡块及电动机零点位置来确定，机械挡块一般设定在 X、Y 与 Z 正向最大位置。当进行回参考点的操作时，装在纵向和横向滑板上的行程开关，碰到挡块后，向数控系统发出信号，由系统控制滑板停止运动，完成回参考点的操作。

机床回到了参考点的位置，也就知道了该坐标轴的零点位置，找到所有坐标轴的参考点，CNC 就建立起了机床坐标系。

数控系统的处理器能计算所有坐标轴相对于机床零点的位移量，但系统上电时并不知道测量起点，每个坐标轴的机械行程是由最大和最小限位开关来限定的。机床坐标轴的有效行程范围是由软件限位来界定的，其值由制造商定义。

三、工件坐标系、工件原点和对刀点

工件坐标系是编程人员在编程时使用的。编程人员选择工件上的某一已知点为工件原点，建立一个新的坐标系，称为工件坐标系。工件坐标系一旦建立便一直有效，直到被新的工件坐标系所取代。

工件原点也称程序原点，是人为设定点。工件坐标系的原点选择要符合图样尺寸的标注习惯，尽量满足编程简单、尺寸换算少、引起的加工误差小等条件。一般先找出图样上的设计基准点，以该点作为工件原点。对称零件或以同心圆为主的零件，工件原点应选在对称中心线或圆心上。

对刀点是零件程序加工的起始点，对刀的目的是确定工件原点在机床坐标系中的位置，对刀点可与工件原点重合，也可在任何便于对刀之处，但该点与工件原点之间必须有确定的坐标联系。

加工开始时要设置工件坐标系，用 G92 指令可建立工件坐标系，用 G54 ~ G59 指令可选择工件坐标系。

第三节 数控程序编制的加工工艺分析

一、数控加工的工艺分析

数控编程首先应该掌握数控加工工艺的特点，才能处理好手工编程中所涉及的一些工艺问题。数控加工的工艺处理主要内容为：确定走刀路线和安排工步顺序；定位基准与夹紧方案的确定；夹具、刀具的选择；确定对刀点和换刀点；测量方法的确定；确定切削参数等。

1. 数控加工的工艺路线设计

1）根据数控加工的特点，进行数控加工工序的划分。

2）准备进行数控加工工序设计。进一步把本工序的加工内容、加工用量、工艺装备、定位夹紧方式以及刀具运动轨迹都具体确定下来，为编制加工程序作好充分准备。

2. 数控加工工序的设计

1) 确定走刀路线和安排工步顺序。走刀路线是刀具在整个加工工序中的运动轨迹，它不但包括了工步的内容，也反映出工步的顺序。走刀路线是编写程序的依据之一。

2) 确定零件的安装方法和选择夹具。力求设计基准、工艺基准与编程计算的基准统一，尽量减少装夹次数，尽可能做到在一次定位装夹后就能加工出全部待加工表面。尽量采用组合夹具、可调式夹具及其他通用夹具，夹具要开敞，其定位夹紧机构元件不能影响加工中的走刀。

3) 确定对刀点和换刀点。对刀点就是刀具相对工件运动的起点。它可以设在被加工零件上，也可以设在与零件定位基准有固定尺寸联系的夹具上的某一位置。换刀点是为加工中心、数控车床等多刀加工的机床编程而设置的，因为这些机床在加工过程中间要自动换刀。为防止换刀时碰伤零件或夹具，换刀点常常设置在被加工零件的外面，并要有一定的安全量。

4) 选择刀具和确定切削参数。数控加工的特点是对刀具的刚性及耐用度要求较普通加工严格。因为刀具的刚性不好，影响生产效率，在数控自动加工中极易产生打断刀具的事故，加工精度会大大下降。刀具的寿命短，则要经常换刀、对刀而要增加准备时间，也容易在工件轮廓上留下接刀阶差，影响工件表面质量。

切削参数主要指切削速度、进给量、背吃刀量。对不同的零件材质，有一个最佳加工用量即最佳切削参数。所以切削参数应按最佳切削参数选择。

切削速度的大小可影响切削效率、切削温度、刀具寿命等。影响切削速度的因素：刀具材料、工件材料、刀具寿命、背吃刀量与进给量、刀具形状、切削液、机床性能。

进给量影响表面粗糙度。影响进给量的因素：粗、精车工艺（粗车）进给量应较大，缩短切削时间，精车进给量应较小以降低表面粗糙度、机床性能、工件的装夹方式、刀具材料及几何形状、背吃刀量、工件材料。工件材料较软时，可选择较大进给量；反之，可选较小进给量。

背吃刀量。影响背吃刀量的因素：粗、精车工艺、刀具强度、机床性能、工件材料及表面粗糙度。

二、数学处理

根据被加工零件图样，按照已经确定的加工路线和允许的编程误差，计算数控系统所需要输入的数据，称为数学处理。

1. 编程原点及工件坐标系的确定

从理论上讲编程原点选在零件上的任何一点都可以，但实际上，为了换算尺寸尽可能简便，减少计算误差，应选择一个合理的编程原点。

2. 各节点数值计算

数控系统一般只能作直线插补和圆弧插补的切削运动。如果工件轮廓是非圆曲线，数控系统就无法直接实现插补，而需要通过一定的数学处理。数学处理的方法是用直线段或圆弧段去逼近非圆曲线，逼近线段与被加工曲线的交点称为节点。

在编程时，根据零件图样给出的形状、尺寸和公差等直接通过数学方法，如三角、几何与解析几何法等，计算出编程时所需要的有关各节点的坐标值。节点的计算一般都比较复杂，靠手工计算已很难胜任，必须借助计算机辅助处理。求得各节点后，就可按相邻两节点间的直线来编写加工程序。

3. 必要时修改零件原设计

当按照零件图样给出的条件不能直接计算出编程时所需的坐标，也不能按零件给出的条件直接进行工件轮廓几何要素的定义进行自动编程时，就必须根据所采用的具体工艺方法、工艺装备等加工条件，对零件原图形及有关尺寸进行必要的数学处理或改动，才可以进行各点的坐标计算和编程工作。

习题与思考题

1-1　什么是数控机床？CNC 的含义是什么？

1-2　画出数控机床的组成框图，并简要说明每一部分的含义。

1-3　数控机床按伺服系统分为哪三类？画出三类控制系统的框图。

1-4　什么是机床坐标系、参考点及工件坐标系？说明三者之间有何区别，画图说明数控车床、数控铣床三者之间大致的相对位置。

1-5　数控机床加工时进行工艺分析的主要内容有哪些？

第二章 数控车床编程

第一节 FANUC 数控车床编程

本节以 FANUC 0i 数控系统为例介绍数控车床编程。

一、坐标系

在程序开始之前必须设定坐标系和程序的原点。通常把程序原点确定为便于编程的点，如图 2-1 所示。

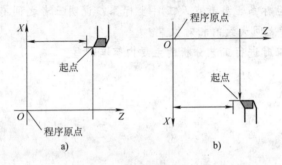

图 2-1 坐标系设置示意

a) 右手坐标系 b) 左手坐标系

数控车床有两种编程方法，绝对坐标 G90 和相对坐标（又称增量坐标）编程 G91。

在绝对坐标指令中，用终点位置的坐标值编程；在增量坐标指令中用移动距离编程。两种不同编程方法与坐标系之间的关系如图 2-2 所示。FANUC—0i 除了用 G90、G91 之外，保留了 U、W 指令。

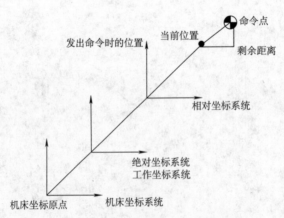

图 2-2 两种编程方法与坐标系之间的关系

绝对和增量坐标指令可以一起用在一个程序段。当 X 和 U 或者 W 和 Z 指令在一个程序段时，后指定者有效。

二、G 代码命令

1. G 代码组及含义

G 代码组及含义见表 2-1。

表 2-1　G 代码组及含义

G 代码	组　　别	含　　义
G00 *	01	定位（快速移动）
G01		直线插补
G02		顺时针圆弧插补
G03		逆时针圆弧插补
G04	00	暂停（Dwell）
G07.1		圆柱插补
G20	06	英制输入
G21		米制输入
G22	04	内部行程限位有效
G23		内部行程限位无效
G27	00	检查参考点返回
G28		参考点返回
G29		从参考点返回
G30		回到第二参考点
G32	01	车螺纹
G40 *	07	取消刀尖半径偏置
G41		刀尖半径偏置（左侧）
G42		刀尖半径偏置（右侧）
G50	00	修改工件坐标；设置主轴最大的转速
G52		设置局部坐标系
G53		选择机床坐标系
G70	00	精加工循环
G71		内外径粗切循环
G72		台阶粗切循环
G73		成形重复循环
G74		Z 向步进钻削
G75		X 向切槽
G76		车螺纹循环
G80 *	10	取消固定循环
G83		钻孔循环
G84		攻螺纹循环
G85		正面镗孔循环
G87		侧面钻孔循环

（续）

G 代码	组　别	含　义
G88	10	侧面攻螺纹循环
G89		侧面镗孔循环
G90	01	（内外直径）切削循环
G92		车螺纹循环
G94		（台阶）切削循环
G96 *	12	恒线速度控制
G97 *		恒线速度控制取消
G98	05	每分钟进给率
G99		每转进给率

注：带 * 者表示是开机时会初始化的代码。

2. 常用 G 代码解释

（1）G00 快速移动　在绝对坐标方式下，这个指令把刀具从当前位置移动到指令指定的位置。在增量坐标方式下，移动到某个距离处。刀具路径类似直线切削那样，以最短的时间（不超过每一个轴快速移动速率）定位于要求的位置，如图 2-3 所示。

编程格式

G00 X_ Z_

（2）G01 直线插补　直线插补以直线方式和指令给定的移动速率，从当前位置移动到指令位置，如图 2-4 所示。

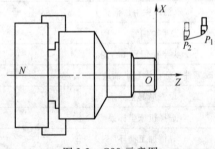

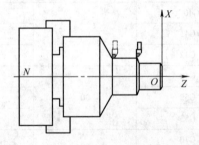

图 2-3　G00 示意图　　　　　　　图 2-4　G01 示意图

编程格式

G01 X（U）_ Z（W）_F_

X，Z：要求移动到的位置的绝对坐标值。

U，W：要求移动到的位置的增量坐标值。

（3）圆弧插补 G02/03　G02 顺时针方向，G03 逆时针方向，如图 2-5 所示。

G02 和 G03 一直有效，直到被 G 功能组中其他的指令（G00、G01…）取代为止。

编程格式

G02（G03）X（U）_Z（W）_ I_K_F_

G02（G03）X（U）_Z（W）_R_F_

X，Z：指定的终点。

U，W：起点与终点之间的距离。

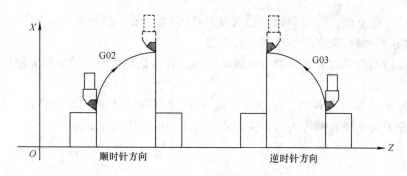

图 2-5　G02/G03 插补方向

I，K：从起点到中心点的矢量。

R：圆弧半径（最大 180°）。

（4）G04 暂停　按指令的时间延迟执行下个程序段。

编程格式

G04 X_或 G04 U_或 G4P_

X：指定时间（单位：s）。

U：指定时间（单位：s）。

P：指定时间（单位：ms）。

（5）G27 返回参考点　G27 指令是以快速移动速度定位刀具，如果刀具到达参考点，参考点返回灯亮，但是，如果刀具到达的位置不是参考点，则显示 092 号报警。

（6）G28/G53 返回参考点　在刀具位置偏移时执行参考点返回 G28 和 G53 指令不取消刀具位置偏置矢量。

（7）G30 第二原点返回　坐标系能够用第二原点功能来设置。

1）用参数（a，b）设置刀具起点的坐标值。点"a"和"b"是机床原点与起刀点之间的距离。

2）在编程时用 G30 命令代替 G50 设置坐标系。

3）在执行了第一原点返回之后，不论刀具实际位置在那里，碰到这个命令时刀具便移到第二原点。

4）更换刀具也是在第二原点进行的。

（8）G32 车螺纹

编程格式

G32 X(U)_Z(W)_F_

F：螺纹导程。

在编制车螺纹程序时应当带主轴转速均匀控制的功能 G97，并且要考虑螺纹部分的某些特性。在螺纹切削方式下移动速率控制和主轴速率控制功能将被忽略。而且在进给保持按钮起作用时，其移动过程在完成一个切削循环后就停止了。

（9）G40/G41/G42 刀具半径偏置功能　在实际切削加

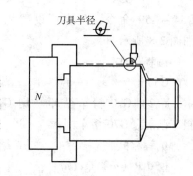

图 2-6　刀尖圆弧示意图

工中，车刀的刀尖不可能是一个绝对的尖点，总有一个小圆弧，如图 2-6 所示。刀具必须有相应的刀沿号才能有效。刀尖半径补偿通过 G41/G42 生效。控制器会自动计算出当前刀具运行所产生的、与编程轮廓等距离的刀具轨迹。

补偿的原则取决于刀尖圆弧中心的运动方向，它总是与切削表面法向矢量重合，补偿的基准点是刀尖中心。

把这个原则用于刀具补偿，应当分别以 X 和 Z 的基准点来测量刀具长度刀尖半径 R，以及用于假想刀尖半径补偿所需的刀尖形式代号 1～9，如图 2-7 所示。

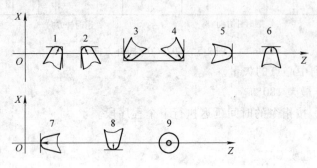

图 2-7 假想刀尖的方位

编程格式

G41 X_Z_　　　；在工件轮廓左边刀补

G42 X_Z_　　　；在工件轮廓右边刀补

刀具以直线回轮廓，并在轮廓起始点处与轨迹切向垂直。在通常情况下，在 G41/G42 程序段之后紧接着工件轮廓的第一个程序段。只有在线性插补时 G00 或 G01 才可以进行 G41/G42 的选择，同样也只有在线性插补 G00 或 G01 情况下才可以取消补偿。

（10）G50 设定工件坐标系

编程格式

G50 IP_

设定了工件坐标系，刀具上的点，比如刀尖，就处在指定的坐标位置，如果 IP_ 是增量坐标指令值，定义工件坐标系后，当前的刀具位置就与原来刀具位置加上指定的增量值的结果相符合，如果在偏置期间用 G50 设定坐标系，在设定的坐标系中，刀偏置前的位置与用 G50 规定的位置相符。

（11）G54～G59 工件坐标系选择　通过使用 G54～G59 命令，最多可设置六个工件坐标系，如图 2-8 所示。

编程格式

G54

（12）G70 精车循环　用 G71、G72 或 G73 粗车削后，G70 精车削。

编程格式

G70 P（ns）Q（nf）

ns：精加工程序的第一个段号。

nf：精加工程序的最后一个段号。

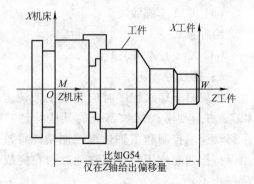

图 2-8 坐标系设置示意图

（13）G71 外圆粗车固定循环 如图 2-9 所示，加工 A 至 A' 至 B 的精加工形状，用 Δd（切削深度）车削到指定的区域，留精加工预留量 $\Delta u/2$ 及 Δw。

编程格式

G71U(Δd)R(e)

G71P(ns)Q(nf)U(Δu)W(Δw)F(f)S(s)T(t)

N(ns)……

………

     F_

     S_

     T_

N(nf)　……

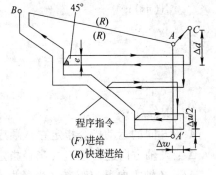

图 2-9　G71 循环示意图

从顺序号 ns 到 nf 的程序段，指定 A 及 B 间的移动指令。

Δd：切削深度（半径值），不指定正负符号。切削方向依照 AA' 的方向决定，在另一个值指定前不会改变。

e：退刀行程。在另一个值指定前不会改变。

ns：精加工形状程序的第一个段号。

nf：精加工形状程序的最后一个段号。

Δu：X 方向精加工预留量的距离（直径/半径）及方向。

Δw：Z 方向精加工预留量的距离及方向。

f、s、t：包含在 ns 到 nf 程序段中的任何 F、S 或 T 功能在循环中被忽略，而在 G71 程序段中的 F、S 或 T 功能有效。

（14）G72 端面车削固定循环 如图 2-10 所示，除了是平行于 X 轴外，本循环与 G71 相同。

编程格式

G72W(Δd)R(e)

G72P(ns)Q(nf)U(Δu)W(Δw)F(f)S(s)T(t)

（15）G73 成形加工复合循环 本功能用于重复切削一个逐渐变换的固定形式，适用于粗加工切削工件，如图 2-11 所示。

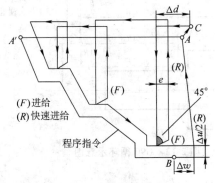

图 2-10　G72 循环示意图

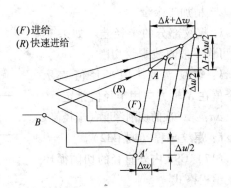

图 2-11　G73 循环示意图

编程格式

G73U（ΔI）W（Δk）R（d）

G73P（ns）Q（nf）U（Δu）W（Δw）F（f）S（s）T（t）

　　N（ns）………

　　………

　　　F＿＿

　　　S＿＿

　　　T＿＿

　　N（nf）……

A 和 B 间的运动指令指定在从顺序号 ns 到 nf 的程序段中。

ΔI：X 轴方向退刀距离（半径指定），FANUC 系统参数（NO.0719）指定。

Δk：Z 轴方向退刀距离（半径指定），FANUC 系统参数（NO.0720）指定。

d：分割次数：这个值与粗加工重复次数相同，FANUC 系统参数（NO.0719）指定。

ns：精加工形状程序的第一个段号。

nf：精加工形状程序的最后一个段号。

Δu：X 方向精加工预留量的距离（直径/半径）及方向。

Δw：Z 方向精加工预留量的距离及方向。

F、s、t：顺序号"ns"到"nf"程序段中的任何 F、S 或 T 功能在循环中被忽略，而在 G73 程序段中的 F，S 或 T 功能有效。

（16）G76 螺纹切削循环

编程格式

G76 P（m）（r）（a）Q（$\Delta d_{\min}$）R（d）

G76 X（u）_Z（w）_R（i）P（k）Q（Δd）F（L）

m：精加工重复次数（1 至 99）。在另一个值指定前不会改变。

r：倒角量，本指定是状态指定，在另一个值指定前不会改变。

a：刀尖角度，可选择 80°、60°、55°、30°、29°、0°，用 2 位数指定。在另一个值指定前不会改变。当 $m=2$，$r=1.2L$，$a=60$ 时参数表示为 P021260。

$\Delta d_{\min}$：最小切削深度，用半径值表示。在另一个值指定前不会改变。FANUC 系统参数（NO.0726）指定。

d：精加工余量。

i：螺纹部分的半径差。如果 $i=0$，可作一般直线螺纹切削。

k：螺纹高度，用半径值表示。这个值在 X 轴方向用半径值指定。

Δd：第一次的切削深度（半径值）。

L：螺纹导程（同 G32）。

（17）G90 内外直径的切削循环

编程格式

直线切削循环：G90 X（U）_Z（W）_F_

加工步骤如图 2-12 所示。按 1→2→3→4 路径的循环操作。U 和 W 的正负号（＋/－）

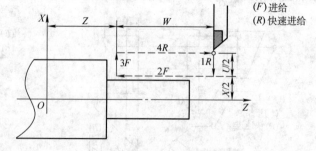

图 2-12　G90 循环示意图

在增量坐标程序里是根据 1 和 2 的方向改变的。

锥体切削循环：G90 X(U)__ Z(W)__ R ___ F __

必须指定锥体的"R"值。切削功能的用法与直线切削循环类似。R 的正负取值如图 2-13 所示。

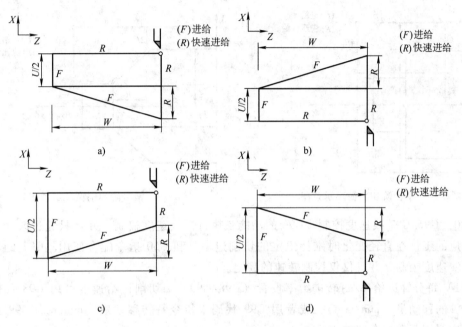

a)
b)
c)
d)

图 2-13　U、W 和 R 值的正负与刀具轨迹关系

a) $U<0$，$W<0$，$R<0$　b) $U>0$，$W<0$，$R>0$

c) $U<0$，$W<0$，$R>0$　d) $U>0$，$W<0$，$R<0$

（18）G92 切削螺纹循环

编程格式

直螺纹切削循环：G92 X(U)_Z(W)_F_；如图 2-14 所示。

G92 注意事项类似于 G32。倒角长度根据所指派的参数在 $0.1L \sim 12.7L$ 的范围里设置，指定单位为 $0.1L$。

锥螺纹切削循环：G92 X(U)_Z(W)_R_F_；如图 2-15 所示。

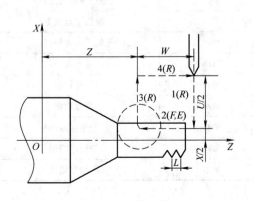

图 2-14　直螺纹切削循环示意图

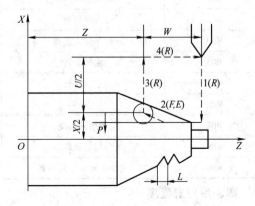

图 2-15　锥螺纹切削循环示意图

（19）G94 台阶切削循环

编程格式

平台阶切削循环：G94 X(U)_Z(W)_F_；如图 2-16 所示。

锥台阶切削循环：G94 X(U)_ Z(W)_ R_ F_；如图 2-17 所示。

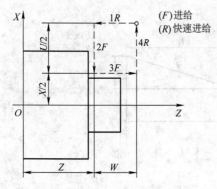

图 2-16　平台阶切削循环示意图　　　　图 2-17　锥台阶切削循环示意图

（20）G96/G97 线速度控制　G96 的功能是执行恒线速度控制，并且只通过改变转速来控制相应的工件在直径变化时维持恒定的切削速率，和 G50 指令配合使用。G97 的功能是取消恒线速度控制，并且仅仅控制转速的稳定。

（21）每分钟进给率/每转进给率设置（G98/G99）　切削进给速度可用 G98 代码来指令每分钟的移动量（mm/min），或者用 G99 代码来指令每转移动量（mm/r）。G99 的每转进给率主要用于数控车床加工。

每分钟的移动速率（mm/min）＝ 每转位移速率（mm/r）× 主轴转速。

三、M 辅助功能

辅助功能也称之为 M 功能，是控制机床或系统开关功能的一种命令，如主轴的起停、程序终止、切削液开/关等等，见表 2-2。

表 2-2　M 辅助功能功能

代码	功能	代码	功能
M00	程序停止	M41	主轴齿轮在低速位置
M01	选择性程序停止	M42	主轴齿轮在高速位置
M02	程序结束	M68	液压卡盘夹紧
M30	程序结束复位	M69	液压卡盘松开
M03	主轴正转	M78	尾架前进
M04	主轴反转	M79	尾架后退
M05	主轴停	M94	镜像取消
M08	切削液启动	M95	X 坐标镜像
M09	切削液停	M98	子程序调用
M40	主轴齿轮在中间位置	M99	子程序结束

四、用户宏程序

用户宏程序由于允许使用变量、算术和逻辑运算及条件转移，使得编制相同加工操作的程序更方便，更容易。将相同加工操作编为通用程序，如型腔加工宏程序和固定加工循环宏程序。使用时，加工程序可用一条简单指令调出用户宏程序，和调用子程序完全一样。

FANUC 0i 系统提供两种用户宏程序，即用户宏程序功能 A 和用户宏程序功能 B。由于用户宏程序功能 A 的宏程序在实际工作中很少人使用它，在本节仅以用户宏程序功能 B 为对象介绍宏程序的相关知识。

O0001；	O9010；
:	#1 = #18/2；
:	G01X#1Z#1F0.2；
G65P9010R50.0L2	G02X#1Z# - 1R#1；
:	:
:	:
主程序	用户宏程序

1. 变量

普通加工程序直接用数值指定 G 代码和移动距离，例如，G01X100。使用用户宏程序时，数值可以直接指定或用变量指定。当用变量时，变量值可用程序或用 MDI 面板上的操作改变，如：

#1 = #2 + 100

G01 X#1 F300

（1）变量的表示 与通用的编程语言不同，用户宏程序不允许使用变量名。变量用变量符号#和后面的变量号指定，例如：#1。

表达式可以用于指定变量号。表达式必须封闭在括号中。例如：# [#1 + #2 - 12]。

（2）变量的类型 变量根据变量号可以分成四种类型，见表2-3。

表 2-3 变量类型

变量号	变量类型	功　　能
#0	空变量	该变量总是空，没有值能赋给该变量
#1 ~ #33	局部变量	局部变量只能用在宏程序中存储数据，例如，运算结果。当断电时，局部变量被初始化为空。调用宏程序时，自变量对局部变量赋值
#100 ~ #199 #500 ~ #999	公共变量	公共变量在不同的宏程序中的意义相同。当断电时，变量#100 ~ #199 初始化为空，变量#500 ~ #999 的数据保存，即使断电也不丢失
#1000…	系统变量	系统变量用于读和写 CNC 运行时各种数据的变化，例如，刀具的当前位置和补偿值

程序号，顺序号和任选程序段跳转号不能使用变量；编程时常用的变量是局部变量和公共变量。

2. 宏程序语句

包括下列内容的程序段为宏程序语句：

包含算术或逻辑运算的程序段。

包含控制语句（例如：GOTO，DO，END）的程序段。

包含宏程序调用指令（例如：G65，G66，G67）的程序段。

（1）算术和逻辑运算　表2-4中列出的算术和逻辑运算可以在变量中执行。运算符右边的表达式可包含常量和或由函数或运算符组成的变量。表达式中的变量#j 和#k 可以用常数赋值。左边的变量也可以用表达式赋值。

表 2-4　算术和逻辑运算

功　能	格　式	备　注
定义	#i = #j	
加法	#i – #j + #k	
减法	#i – #j – #k	
乘法	#i – #j * #k	
除法	#i – #j/#k	
正弦	#i = SIN［#j］	
反正弦	#i = ASIN［#j］	
余弦	#i = COS［#j］	角度以度数指定，90°30′表示为 90.5 度
反余弦	#i = ACOS［#j］	
正切	#i = TAN［#j］	
反正切	#i = ATAN［#j］	
平方根	#i = SQRT［#j］	
绝对值	#i = ABS［#j］	
舍入	#i = ROUNND［#j］	
上取整	#i = FIX［#j］	例：#j = 1.2 时#i←1 #j = – 1.2 时#i← – 1
下取整	#i = FUP［#j］	例：#j = 1.2 时#i←2 #j = – 1.2 时#i← – 2
自然对数	#i = LN［#j］	
指数函数	#i = EXP［#j］	
或	#i – #jOR#k	
异或	#i – #jXOR#k	逻辑运算一位一位地按二进制数执行
与	#i – #jAND#k	
从 BCD 转为 BIN	#i = BIN［#j］	用于与 PMC 的信号交换
从 BIN 转为 BCD	#i = BCD［#j］	

说明：运算时，可能出现误差；使用条件表达式 EQ、NE、GE、GT、LE 和 LT 时也可能造成误差。

（2）转移和循环　在程序中，使用 GOTO 语句和 IF 语句可以改变控制的流向。有三种转移和循环操作可供使用。

1）无条件转移 GOTO 语句　转移到标有顺序号 n 的程序段。当指定 1 到 99999 以外的顺序号时，出现 P/S 报警 NO.128。可用表达式指定顺序号。

GOTOn；n 为顺序号（1 到 99999）。

2）条件转移 IF 语句　IF 之后指定条件表达式。

IF〔＜条件表达式＞〕GOTO*n*：如果指定的条件表达式满足时，转移到标有顺序号 *n* 的程序段。如果指定的条件表达式不满足，执行下个程序段。

IF〔＜条件表达式＞〕THEN：如果条件表达式满足，执行预先决定的宏程序语句。只执行一个宏程序语句。

条件表达式必须包括运算符。运算符插在两个变量中间或变量和常数中间，并且用中括号封闭。表达式可以替代变量。

运算符由两个字母组成，用于两个值的比较，以决定它们是相等还是一个值小于或大于另一个值。注意：不能使用不等符号。常用运算符见表 2-5。

表 2-5 运算符与含义对照表

运 算 符	含 义	运 算 符	含 义
EQ	等于	GE	大于或等于
NE	不等于	LT	小于
GT	大于	LE	小于或等于

计算数值 1～10 总和的程序：

```
O9500
#1 = 0                          ；存储和数变量的初值
#2 = 1                          ；被加数变量的初值
N1 IF〔#2 GT 10〕GOTO 2          ；当被加数大于 10 时转移到 N2
#1 = #1 + #2                    ；计算和数
#2 = #2 + #1                    ；下一个被加数
GOTO1                           ；转到 N1
N2 M30                          ；程序结束
```

3）循环（WHILE 语句） 在 WHILE 后指定一个条件表达式。当指定条件满足时，执行从 DO 到 END 之间的程序。否则，转到 END 后的程序段。DO 后的号和 END 后的号是指定程序执行范围的标号，标号值为 1，2，3。若用 1，2，3 以外的值会产生 P/S 报警 NO. 126。

在 DO—END 循环中的标号可根据需要多次使用。但是，当程序有交叉重复循环（DO 范围的重叠）时，出现 P/S 报警 NO. 124。

当指定 DO 而没有指定 WHILE 语句时，会产生从 DO 到 END 的无限循环。

计算数值 1 到 10 总和的程序：

```
00001
#1 = 0
#2 = 1
WHILE〔#2LE10〕DO 1
#1 = #1 + #2
#2 = #2 + 1
END 1
M30
```

3. 宏程序调用

用下面的方法调用宏程序：

1）非模态调用（G65）。

2）模态调用（G66，G67）。

3）用 G 代码调用宏程序。

4）用 M 代码调用宏程序。

5）用 M 代码调用子程序。

6）用 T 代码调用子程序。

宏程序调用 G65 不同于子程序用（M98），用（G65）可以指定自变量（数据传送到宏程序），M98 没有该功能。

当 M98 程序段包含另一个 NC 指令时，在指令执行之后调用子程序。相反，G65 无条件地调用宏程序。

M98 程序段包含另一个 NC 指令时，在单程序段方式中，机床停止。相反，G65 机床不停止。用 G65 改变局部变量的级别，用 M98 不改变局部变量的级别。

第二节　SIEMENS 802D 数控车床编程

一、程序结构

1. 程序名称

每个程序均有一个程序名。在编制程序时按以下规则确定程序名：开始的两个符号必须是字母、其后的符号可以是字母、数字或下画线，最多使用 16 个字符，不得使用分隔符，如","。例如：JIXIE0527。

2. 程序段格式

N_G_X_Z_F_S_T_D_M_H_

程序段由若干个字组成，每一个程序段执行一个加工步骤，最后一个程序段包含结束程序符"M2"。

二、数控系统的功能

1. 准备功能（G 代码见表 2-6）

表 2-6　802D 系统指令表

地　址	含　义	说　明
G0	快速运动	运动指令 模态有效
G1	进给直线插补	
G2	顺时针圆弧插补	
G3	逆时针圆弧插补	
CIP	中间点圆弧插补	
G33	恒螺距的螺纹切削	
CT	带切线过渡的圆弧插补	
G4	暂停	特殊运行，程序段有效
G74	回参考点	
G75	回固定点	

（续）

地　址	含　义	说　明
TRANS	可编程偏置	写存储器，程序段方式有效
SCALE	可编程比例系数	
A TRANS	附加的编程偏置	
A SCALE	附加的可编程比例系数	
G25	主轴转速下限或工作区域下限	
G26	主轴转速上限或工作区域上限	
G17 *	X/Y 平面	平面选择
G18	Z/X 平面	
G40 *	刀尖半径补偿方式取消	刀尖半径补偿 模态有效
G41	刀尖半径左补偿	
G42	刀尖半径右补偿	
G500	取消可设定零点偏置	可设定零点偏置 模态有效
G54 ~ G59	可设定零点偏置 1 ~ 6	
G53	按程序段方式取消可设定零点偏置	取消可设定零点偏置 段方式有效
G153	按程序段方式取消可设定零点偏置，包括手轮偏置	
G60	准确定位	定位性能 模态有效
G64	连续路径方式	
G9	准确定位，单程序段有效	程序段方式准停 段方式有效
G601 *	在 G60，G9 方式下精准确定位	准停窗口 模态有效
G602	在 G60，G9 方式下粗准确定位	
G70	英制尺寸	英制/米制尺寸 模态有效
G71 *	米制尺寸	
G90 *	绝对尺寸	绝对/增量尺寸 模态有效
G91	增量尺寸	
G94 *	进给率 F，单位 mm/min	进给/主轴 模态有效
G95	主轴进给率 F，单位 mm/r	
G96	恒定切削速度（F 单位 mm/r，s 单位 m/min）	
G97	删除恒定切削速度	
G450 *	圆弧过渡	刀尖半径补偿时拐角特性 模态有效
G451	等距线的交点，刀具在工件转角处不切削	
DIAMOF	半径尺寸输入	尺寸输入半径/直径 模态有效
DIAMON *	直径尺寸输入	

注：带 * 的功能在程序启动时生效。

2. 辅助功能(M 代码见表 2-7)

表 2-7　辅助功能 M 代码

地　　址	含　　义	说　　明
M0	程序停止	用 M0 停止程序的执行，按"启动"键继续执行加工
M1	程序有条件停止	执行过程与 M0 相同，仅在"条件停有效"功能被软键或接口信号触发后才生效
M2	程序结束	切断机床所有动作，并使程序复位
M30	程序结束	
M17	子程序结束	预定
M3	主轴正转	
M4	主轴反转	
M5	主轴停止	
M6	更换刀具	在机床数据有效时用 M6 更换刀具，其他情况下直接用 T 指令换刀
M7	切削液开	
M9	切削液关	

三、基本编程方法

1. 坐标系指令

(1) G90/G91 绝对坐标和相对坐标　G90 和 G91 指令分别对应着绝对坐标和相对坐标。在坐标不同于 G90/G91 的设置时，可以在程序段中通过 AC/IC 以绝对坐标/相对坐标方式进行。这两个指令不决定到达终点位置的轨迹，轨迹由 G 功能组中的其他 G 功能指令决定。

X = AC（…）以绝对坐标输入，程序单段有效。

X = IC（…）以相对坐标输入，程序单段有效。

(2) G54 ~ G59/G500/G53/G153

G54 ~ G59 如图 2-8 所示。

G500：取消可设定零点偏置，模态有效

G53：取消可设定零点偏置，程序段方式有效。

G153：如同 G53，取消附加的基本框架。

编程举例：

N10 G54…　　　　　　　；调用第一可设定零点偏置

N20 X… Z…　　　　　　；加工工件

…　　　　　　　　　　；

N90 G500 G0 X…　　　；取消可设定零点偏置

2. 尺寸指令

(1) G71/G70 米制与英制尺寸　G71 与 G70 是两个互相取代的 G 代码，系统一般默认状态为 G71，车床的各项参数均为米制单位设定。在一个程序内不能同时使用 G71/G70 指令，且必须在坐标系确定之前指定。G71 与 G70 指令断电前后一致，即停机前使用的 G71 或 G70 指令，在下次开机时仍然有效，除非再次重新设定。

（2）DIAMOF/DIAMON 半径与直径数据尺寸 车床中加工零件时通常把 X 轴的位置数据作为直径数据编程，数控系统将所有输入的数据设定为直径尺寸。程序中需要时也可以转换为半径尺寸。

3. 常用 G 代码

（1）G0 快速线性移动

（2）G1 带进给率的线性插补

（3）G2/G3 圆弧插补 G2 和 G3 如图 2-5 所示。G2 和 G3 一直有效，直到被 G 功能组中其他的指令（G0，G1，…）取代为止。

其他的圆弧编程方法有：CT 圆弧用切线连接；CIP 通过中间点的圆弧。

编程格式

G2/G3 X_Z_I_K_	;圆心和终点
G2/G3 CR = _X_Z_	;半径和终点
G2/G3 AR = I_K_	;张角和圆心
G2/G3 AR = _X_K_	;张角和终点
G2/G3 AP = _RP = _	;极坐标和极点圆弧

（4）G75 返回固定点 用 G75 可以返回到机床中某个固定点，比如换刀点。固定点位置固定地存储在机床数据中，它不会产生偏移。每个轴的返回速度就是其快速移动速度。G75 需要一独立程序段，并按程序段方式有效。在 G75 之后的程序段中原先"插补方式"组中的 G 指令（G0，G1，G2，…）将再次生效。

编程举例：

N10 G75 X0 Z0

程序段中 X 和 Z 下设置的数值（这里为 0）不识别。

（5）G74 回参考点 用 G74 指令实现 NC 程序中回参考点功能，每个轴的方向和速度存储在机床数据中。G74 需要一独立程序段，并按程序段方式有效。在 G74 之后的程序段中原先"插补方式"组中的 G 指令（G0，G1，G2，…）将再次生效。

编程举例：

N10 G74 X0 Z0

程序段中 X 和 Z 下设置的数值（这里为 0）不识别。

（6）G9/G60/G64 准确定位/连续路径加工 G9 为准确定位，单程序段有效；G60 为准确定位，模态有效；G64 为连续路径加工；G601 为精准确定位窗口；G602 为粗准确定位窗口。

指令 G9 仅对自身程序段有效，而 G60 准确定位一直有效，直到被 G64 取代为止。

（7）G4 暂停

编程格式

G4 F…	;暂停时间（s）
G4 S…	;暂停主轴转数

（8）D 刀具补偿号 一个刀具可以匹配从 1 到 9 几个不同补偿的数据组（用于多个切削刃）。另外可以用 D 及其对应的序号设置一个专门的切削刃。如果没有编写 D 指令，则 D1 自动生效。如果设置 D0，则刀具补偿值无效。

编程格式

D…   ；刀具刀补号 1 ~ 9

D0   ；补偿值无效

刀具调用后，刀具长度补偿立即生效。先设置的长度补偿先执行，对应的坐标轴也先运行。注意有效平面 G17 到 G19。刀具半径补偿必须与 G41/G42 一起执行。

（9）G41/G42 刀尖半径补偿

编程格式

G41 X… Z…   ；在工件轮廓左边刀补

G42 X… Z…   ；在工件轮廓右边刀补

刀具以直线回轮廓，并在轮廓起始点处与轨迹切向垂直。在通常情况下，在 G41/G42 程序段之后紧接着工件轮廓的第一个程序段。只有在线性插补时 G0 或 G1 才可以进行 G41/G42 的选择。

用 G40 取消刀尖半径补偿，G40 指令之前的程序段刀具以正常方式结束（结束时补偿矢量垂直于轨迹终点处切线）。在运行 G40 程序段之后，刀具中心到达编程终点。在选择 G40 程序段编程终点时要始终确保刀具移动不会发生碰撞。

4. 常用固定循环

（1）CYCLE93 切槽   切槽循环可以用于纵向和表面加工时对任何垂直轮廓单元进行对称和不对称的切槽。可以进行外部和内部的切槽，如图 2-18 所示。参数含义见表 2-8。

编程格式

CYCLE93 （ SPD， SPL， WIDG， DIAG， STA1， ANG1， ANG2， RCO1， RCO2， RCI1， RCI2， FAL1， FAL2， IDEP， DIB， VARI）

进给深度（面向槽底）和宽度（从槽到槽），在循环内部计算并分配给相同的最大允许值。

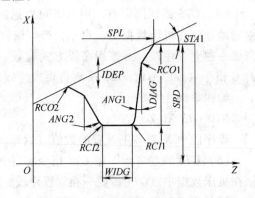

图 2-18   切槽循环参数的含义

在倾斜表面切槽时，刀具将以最短的距离从一个槽移动到下一个槽。在此过程中，循环内部计算出到轮廓的安全距离。

表 2-8   切槽循环参数表

参 数	数据类型	功 能
SPD	Real	横向坐标轴起始点
SPL	Real	纵向坐标轴起始点
WIDG	Real	切槽宽度（无符号输入）
DIAG	Real	切槽深度（无符号输入）
STA1	Real	轮廓和纵向轴之间的角度
ANG1	Real	侧面角1：在切槽一边，由起始点决定
ANG2	Real	侧面角2：在另一边
RCO1	Real	半径/倒角1，外部：位于由起始点决定的一边

（续）

参　数	数据类型	功　能
*RCO*2	Real	半径/倒角 2，外部
*RCI*1	Real	半径/倒角 1，内部：位于起始点侧
*RCI*2	Real	半径/倒角 2，内部
*FAL*1	Real	槽底的精加工余量
*FAL*2	Real	侧面的精加工余量
IDEP	Real	进给深度（无符号输入）
DIB	Real	槽底停顿时间
VARI	Int	加工类型范围值：1～8 和 11～18

SPD 和 *SPL*（起始点）：可以使用这些坐标来定义槽的起始点，从起始点开始，在循环中计算出轮廓。切削外部槽时，刀具首先会按纵向轴方向移动，切削内部槽时，刀具首先按横向轴方向移动。

WIDG 和 *DIAG*（槽宽和槽深）：它们是用来定义槽的形状的。计算时，循环始终认为是以 *SPD* 和 *SPL* 为基准。

如果槽宽大于有效刀具宽度，则取消此宽度值。取消时，循环会将整个宽度平分。去掉切削沿半径后，最大的进给量是刀具宽度的 95%，从而会形成切削重叠。

如果所设置的槽宽小于实际刀具宽度，将出现错误信息 61602 "刀具宽度定义不正确"，同时加工终止。如果在循环中发现切削沿宽度等于零，也会出现报警。

*STA*1（角）：使用参数 *STA*1 来定义加工槽的斜线角。该角可以采用 0°～180° 并且始终用于纵坐标轴。

*ANG*1 和 *ANG*2（侧面角）：不对称的槽可以通过不同定义的角来描述，范围 0°～89.999°。

*RCO*1，*RCO*2 和 *RCI*1，*RCI*2（半径/倒角）：槽的形状可以通过输入槽边或槽底的半径/倒角来修改。注意：输入的半径是正号，而倒角是负号。

如何考虑编程的倒角和参数 *VARI* 的十位数有关。

如果 *VARI* < 10（十位数 = 0），倒角被考虑成 *CHF*。

如果 *VARI* > 10，倒角被考虑成 *CHR*。

*FAL*1 和 *FAL*2（精加工余量）：可以单独设置槽底和侧面的精加工余量。在加工过程中，进行毛坯切削直至最后余量。然后使用相同的刀具沿着最后轮廓进行平行于轮廓的切削。

IDEP（进给深度）：通过设置一个进给深度，可以将近轴切槽分成几个深度进给。每次进给后，刀具退回 1mm 以便断屑。在所有情况下必须设置参数 *IDEP*。

VARI（加工类型）：槽的加工类型由参数 *VARI* 的单位数定义。它可以采用图中所示的值。

参数的十位数表示倒角是如何考虑的。

*VARI*1～8：倒角被考虑成 *CHF*。

*VARI*11～18：倒角被考虑成 *CHR*。

编程举例，零件如图 2-19 所示。

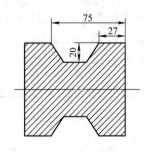

图 2-19　切槽循环零件图

G54 G0 X200 Z200；坐标系设定

T1 D1；1 号刀具，刀沿 1

M3 S800

G0 X200

CYCLE93（100，-30，45，20，0，15，15，0.000，

0，2，2，0.2，0.2，4，1，5）；调用切槽循环

G0 X200 Z200

M5

M2

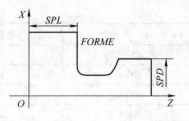

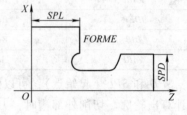

（2）CYCLE94 退刀槽形状　使用此循环，可以按 DIN509 切削形状为 E 和 F 的退刀槽，并要求成品直径大于 3mm，如图 2-20 所示。参数含义见表 2-9。

编程格式

CYCLE94（SPD，SPL，FORM）

图 2-20　退刀槽循环示意图

表 2-9　退刀槽循环参数表

参　　数	数据类型	功　　能
SPD	Real	横向轴的起始点（无符号输入）
SPL	Real	纵向轴刀具补偿的起始点（无符号输入）
FORM	Char	设定形状：E（用于形状 E）F（用于形状 F）

循环启动前到达的位置（起始位置）可以是任意位置，但须保证回该位置开始加工时不发生刀具碰撞。

SPD 和 SPL（起始点）：使用参数 SPD 定义用于加工的成品的直径。在纵向轴的成品直径使用参数 SPL 定义。

形状（设定）：通过此参数确定 DIN509 标准所规定的形状 E 和 F。

循环会自动计算起始点值。它的位置是在纵向距离末尾直径 2mm 和最后尺寸 10mm 的位置。有关设置的坐标值的起始点的位置由当前有效刀具的刀尖位置决定。

（3）CYCLE95 粗车切削　使用粗车削循环，可以进行轮廓切削。该轮廓已编在子程序中。轮廓可以包括凹凸切削。

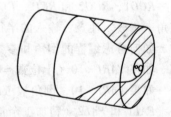

图 2-21　毛坯切削循环示意图

使用纵向和表面加工可以进行外部和内部轮廓的加工。工艺可以随意选择（粗加工、精加工、综合加工）。粗加工轮廓时，按最大的编程进给深度进行切削且到达轮廓的交点后清除平行于轮廓的毛刺，一直进行粗加工直到编程的精加工余量，如图 2-21 所示。参数含义见表 2-10。

表 2-10　毛坯切削循环参数表

参　　数	数据类型	功　　能
NPP	String	轮廓子程序名称
MID	Rcal	进给深度（无符号输入）
FALZ	Rcal	在纵向轴的精加工余量（无符号输入）

（续）

参　数	数据类型	功　能
FALX	Real	在横向轴的精加工余量（无符号输入）
FAL	Real	轮廓的精加工余量
FF1	Real	非切槽加工的进给率
FF2	Real	切槽时的进给率
FF3	Real	精加工的进给率
VARI	Real	加工类型　范围值：1…12
DT	Real	粗加工时用于断屑时的停顿时间
DAM	Real	粗加工因断屑而中断时所经过的长度
_VRT	Real	粗加工时从轮廓的退回行程，增量（无符号输入）

在粗加工的同一方向可进行精加工。刀具半径补偿可以由循环自动选择。

编程格式

CYCLE95（NPP，MID，FALZ，FALX，FAL，FF1，FF2，FF3，VARI，DT，DAM，_VRT）。

循环开始前所到达的位置（起始位置）可以是任意位置，但须保证从该位置回轮廓起始点时不发生刀具碰撞。

（4）CYCLE97 螺纹切削　使用螺纹切削循环可以获得在纵向和表面加工中具有恒螺距的圆形和锥形的内外螺纹。螺纹可以是单头螺纹或多头螺纹，如图 2-22 所示。参数含义见表 2-11。

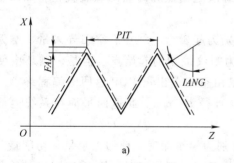
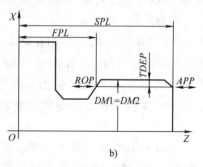

图 2-22　螺纹切削循环参数含义

表 2-11　螺纹切削循环参数表

参　数	数据类型	功　能
PIT	Real	螺距
MPIT	Real	螺纹尺寸值：3（用于 M3）～60（用于 M60）
SPL	Real	螺纹终点，位于横向轴上
FPL	Real	螺纹终点，位于纵向轴上
DM1	Real	起始点的螺纹直径
DM2	Real	终点的螺纹直径
APP	Real	空刀导入量（无符号输入）
ROP	Real	空刀退出量（无符号输入）

（续）

参 数	数据类型	功 能
TDEP	Real	螺纹深度（无符号输入）
FAL	Real	精加工余量（无符号输入）
IANG	Real	进给切入角："+"或"-"
NSP	Real	首圈螺纹的起始点偏移（无符号输入）
NRC	Int	粗加工切削量（无符号输入）
NID	Int	停顿次数
VARI	Int	定义螺纹的加工类型：1~4
NUMT	Int	螺纹头数（无符号输入）

为了可以使用此循环，需要使用带有位置控制的主轴。

编程格式

CYCLE97（PIT, MPIT, SPL, FPL, DM1, DM2, APP, ROP, TDEP, FAL, IANG, NSP, NRC, NID, VARI, NUMT）

循环启动前到达的位置：可以是任意位置，但必须保证刀尖可以没有碰撞地回到所设置的螺纹起始点并且导入空刀量。

PIT 和 *MPIT*（螺距和螺纹尺寸）：螺距是一个平行于轴的数值且无符号。要获得米制的圆柱螺纹，也可以通过参数 *MPIT*（M03 到 M60）设置螺纹尺寸。

*DM*1 和 *DM*2（直径）：使用此参数来定义螺纹起始点和终点的螺纹直径。如果是内螺纹，则是孔的直径。

SPL、*FPL*、*APP* 和 *ROP* 的相互联系（分别为起始点、终点、空刀导入量、空刀退出量）：编程的起始点（*SPL*）和终点（*FPL*）为螺纹最初的起始点。但是，循环中使用的起始点是由空刀导入量 *APP* 产生的。而终点是由空刀退出量 ROP 返回的编程终点。在横向轴中，循环定义的起始点始终比设置的螺纹直径大 1mm。此返回平面在系统内部自动产生。

TDEP、*FAL*、*NRC* 和 *NID* 的互相联系（分别为螺纹深度、精加工余量、切削量、停顿次数）：粗加工量为螺纹深度 *TDEP* 减去精加工余量，循环将根据参数 *VARI* 自动计算各个进给深度。当螺纹深度分成具有切削截面积的进给量时，切削力在整个粗加工时将保持不变。在这种情况下，将使用不同的进给深度值来切削。

第二个变量是将整个螺纹深度分配成恒定的进给深度。这时，每次的切削截面积越来越大，但由于螺纹深度值较小，则形成较好的切削条件。完成第一步中的粗加工以后，将取消精加工余量 *FAL*，然后执行 *NID* 参数下设置的停顿路径。

IANG（切入角）：如果要以合适的角度进行螺纹切削，此参数的值必须设为零。如果要沿侧面切削，此参数的绝对值必须设为刀具侧面倒角的一半。

进给的执行是通过参数的符号定义的。如果是正值，进给始终在同一侧面执行；如果是负值，在两个侧面分别执行。在两侧交替的切削类型只适用于圆柱螺纹。如果用于圆锥螺纹，*IANG* 值虽然是负，但是循环只沿一个侧面切削。

NSP（起始点偏移）和 *NUMT*（头数）：用 *NSP* 参数可设置角度值用来定义待切削部件

的螺纹圈的起始点，这称为起始点偏移，范围为 $0 \sim +359.9999$。如果未定义起始点偏移或该参数未出现在参数列表中，螺纹起始点则自动在零度标号处。

使用参数 NUMT 可以定义多头螺纹的头数。对于单头螺纹，此参数值必须为零或在参数列表中不出现。螺纹在待加工部件上平均分布；第一圈螺纹由参数 NSP 定义。如果要加工一个具有不对称螺纹的多头螺纹，在编程起点偏移时必须调用每个螺纹的循环。

VARL（加工类型）：使用参数 VARL 可以定义是否执行外部或内部加工，及对于粗加工时的进给采取何种加工类型。VARI 参数可以有 1 到 4 的值，它们的定义见表 2-12。

表 2-12 加工类型参数的定义

值	外部/内部	恒定进给/恒定切削截面积	值	外部/内部	恒定进给/恒定切削截面积
1	A	恒定进给	3	A	恒定切削截面积
2	I	恒定进给	4	I	恒定切削截面积

四、计算参数 R

要使一个 NC 程序不仅仅适用于特定数值下的一次加工，或者必须要计算出数值时，可以使用计算参数。计算参数可以在程序运行时由控制器计算或设定所需要的数值。

可以通过操作面板设定参数数值。如果参数已经赋值，则它们可以在程序中对由变量确定的地址进行赋值。

1. 编程

R0 = …

到

R249 = …

2. 说明

一共 250 个计算参数可供使用。

R0 ~ R99：可以自由使用。

R100 ~ R249：加工循环传递参数。

如果你没有用到加工循环，则这部分计算参数也同样可以自由使用。

3. 赋值

例：R0 = 3.5678；R1 = -37.3；R2 = 2；R3 = -7；R4 = -45678.1234；R5 = 2.678EX7。

用指数表示法可以赋值更大的数值范围。一个程序段中可以有多个赋值语句；也可以用计算表达式赋值。

4. 给其他的地址赋值

通过给其他的 NC 地址分配计算参数或参数表达式，可以增加 NC 程序的通用性。可以用数值、算术表达式或 R 参数对任意 NC 地址赋值。但对地址 N、G 和 L 例外。

赋值时在地址符之后写入符号 "="。

给坐标轴地址（运行指令）赋值时，要求有一独立的程序段。

5. 参数的计算

在计算参数时也遵循通常的数学运算规则。圆括号内的运算优先进行。另外，乘法和除法运算优先于加法和减法运算。

五、子程序

一个主程序可以被另外一个主程序当作子程序调用。通常用子程序编写经常重复进行的加工。

子程序的结构与主程序的结构一样，在子程序中也是最后一个程序段中用 M2 结束子程序运行。子程序结束后返回主程序。

1. 程序结束

除了用 M2 指令外，还可以用 RET 指令结束子程序。

RET 要求占用一个独立的程序段。

用 RET 指令结束子程序、返回主程序时不会中断 G64 连续路径运行方式，用 M2 指令则会中断 G64 运行方式，并进入停止状态。

2. 子程序程序名

子程序名的选取方法与主程序一样。

3. 子程序调用

在一个程序中（主程序或子程序）可以直接用程序名调用子程序。子程序调用要求占用一个独立的程序段。

举例：

N10 L201 P2　　　　　　　　；调用子程序 L201，运行 2 次

N20 JX205　　　　　　　　　；调用子程序 JX205

4. 程序重复调用

如果要求多次连续地执行某一子程序，则在编程时必须在所调用子程序的程序名后地址 P 下写入调用次数，最大次数可以为 9999（P1～P9999）。

5. 嵌套深度

子程序不仅可以从主程序中调用，也可以从其他程序中调用，这个过程称为子程序的嵌套。子程序的嵌套深度可以为三层，也就是四级程序界面（包括主程序界面）。

在子程序中可以改变模态有效的 G 功能，比如 G90 到 G91 的变换。在返回调用程序时请注意检查一下所有模态有效的功能指令，并按照要求进行调整。

对于 R 参数，不要无意识地用上级程序界面中所使用的计算参数来修改下级程序界面的计算参数。

第三节　华中数控车床编程

一、M 辅助功能指令

辅助功能是用地址字 M 及二位数字表示的，它主要用于机床加工操作时的工艺性指令。其特点是靠继电器的通、断来实现其控制过程。表 2-13 为华中 HNC—21T 数控系统的 M 指令功能表。

表 2-13　M 指令功能表

指　　令	功　　能	说　　明
M00	程序暂停	执行 M00 后，机床所有动作均被切断，重新按程序启动按键后，再继续执行后面的程序段

（续）

指　令	功　能	说　明
M01	任选暂停	执行过程和 M00 相同，只是在机床控制面板上的"任选 停止"开关置于接通位置时，该指令才有效
M02	主程序结束	切断机床所有动作，并使程序复位
M03	主轴正转	
M04	主轴反转	
M05	主轴停	
M06	刀塔转位	该换刀指令 M06 必须与选刀指令（T 指令）结合，才能正确完成换刀动作
M07	切削液开	
M09	切削液关	
M98	调用子程序	其后 P 地址指定子程序号，L 地址调用次数
M99	子程序结束	子程序结束，并返回到主程序中

二、主轴功能 S、进给功能 F 和刀具功能 T

1. 主轴功能 S

主轴功能 S 控制主轴转速，单位为 r/min。例如 S500 表示主轴转速 500r/min。

2. 进给功能 F

（1）G98　G98 指令表示 F 的进给速度单位为 mm/min。G98 指令执行一次后，系统将保持 G98 状态，即使关机也不受影响，直至系统又执行了含有 G99 的程序段，则 G98 被否定，而 G99 发生作用。

（2）G99　若系统处于 G99 状态，F 所指定的进给速度单位为 mm/r。要取消 G99 状态，必须重新指定 G98。

3. 刀具功能 T

主要用于系统对各种刀具的选择，它是由地址 T 和其后的四位数字表示。其中前两位为选择的刀具号，后两位为选择的刀具补偿号。每一刀具加工结束后必须取消其刀具补偿，即将后两位数字设为"00"。

三、G 准备功能指令

表 2-14 为华中数控系统的 G 指令功能表。

表 2-14　G 指令功能表

代码	组号	含　义	代码	组号	含　义
G00	01	快速定位	G32	01	螺纹切削
G01		直线插补	G40		刀具半径补偿取消
G02		顺时针圆弧插补	G41	07	刀具半径左补偿
G03		逆时针圆弧插补	G42		刀具半径右补偿
G04	00	暂停延时	G52	00	局部坐标系设定
G20	06	英制输入	G54	11	零点偏置
G21		米制输入	G55		
			G56		
G27	00	参考点返回检查	G57	11	零点偏置
G28		返回到参考点	G58		
G29		由参考点返回	G59		

（续）

代码	组号	含　义	代码	组号	含　义
G65	00	宏指令简单调用	G98		每分进给
G66		宏指令模态调用	G99	05	每转进给
G67	12	宏指令模态调用取消			
G90	03	绝对坐标编程	G71	00	内、外径车削复合固定循环
G91		增量坐标编程			
G92	00	坐标系设定	G72		端面车削复合固定循环
G80		内、外径车削单一固定循环	G73	00	封闭轮廓车削复合固定循环
G81	01	端面车削单一固定循环	G76		螺纹车削复合固定循环
G82		螺纹车削单一固定循环			

注：00 组中的 G 代码是非模态的，其他组的 G 代码是模态的。＊为缺省值。

四、数控车床常用编程指令

1. 坐标系相关的 G 指令

（1）G92 坐标系设定指令

格式：G92 X_ Z_

该指令是规定刀具起点在工件原点的距离，X、Z 为刀尖起刀点在工件坐标系中的坐标值。

（2）零点偏置 G54～G59 指令　零点偏置是数控系统的一种特征，即允许把数控测量系统的原点在相对机床基准的规定范围内移动，而永久原点的位置被存储在数控系统中。该值可用 MDI 方式输入相应项中。

2. G90 绝对编程与 G91 增量编程

格式： $\left.\begin{array}{c}G90\\G91\end{array}\right\}$ X_ Z_

如图 2-23 所示，当从 A 点移动到 B 点时，两种方法编程如下：

绝对指令半径编程：G90 G01 X15 Z10

增量指令半径编程：G91 G01 X7 Z－20

3. 直径编程和半径编程

如图 2-23 所示直径编程的程序如下：

绝对指令直径编程：G90 G01 X30 Z10

增量指令直径编程：G91 G01 X14 Z－20

数控车床出厂时一般设定为直径编程。如需用半径编程，要改变系统中相关参数，使系统处于半径编程状态。

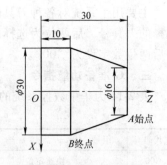

图 2-23　A 点移动到 B 点

4. 运动方式相关基本 G 指令

（1）G00 快速点定位指令

格式：G00 X_ Z_

根据该指令，刀具从当前点快速移到 X、Z 所指定的目标点上，其中 X、Z 在用绝对指令时，为目标点的坐标值，在增量指令时，为目标点相对当前点（始点）的移动距离。刀具在运动时，其进给路线可能为折线，这与参数设定的各轴快速进给速度有关。

（2）G01 直线插补指令

格式：G01 X_ Z_ F_

执行该指令时，刀具按 F 给定的进给量，从当前点进行直线插补并到达 X、Z 指定的目标点上。

（3）G01 倒角、倒圆指令　倒角控制机能可以在两相邻轨迹之间插入直线倒角或圆弧倒角。

1）直线倒角

格式：G01 X_ Z_ C_

其中 X、Z 值，在绝对指令时，如图 2-24 所示，两相邻直线交点 G 的坐标值。在增量指令时，是交点 G 相对于起始直线轨迹的始点 E 的移动距离，C 值是交点 G 相对于倒角始点 F 的距离。

2）圆弧倒角

格式：G01 X_ Z_ R_

其 X、Z 值与直线倒角一样，R 值是倒角圆弧的半径值，如图 2-25 所示。

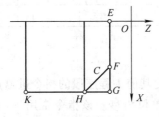

图 2-24　直线倒角

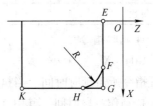

图 2-25　圆弧倒角

使用增量指令编程进行倒角控制时，指令必须 G 开始计算距离。单段工作方式下，刀具将在点 G 处停止前进，而非停于 F 点。在螺纹切削程序段中不得出现倒角控制指令。

X、Z 轴指定的移动量比指定的 R 或 C 小时，将报警。在 G01 状态下，C、R 均出现时，以后出现的为准。

（4）G02、G03 圆弧插补指令

$$\left.\begin{matrix} G02 \\ G03 \end{matrix}\right\} X\_ \ Z\_ \ \left\{\begin{matrix} I\_ \ K\_ \\ R\_ \end{matrix}\right\} F\_$$

G02 顺时针圆弧插补，G03 逆时针圆弧插补。其中 X、Z 值绝对指令时为圆弧终点坐标值，增量指令时为圆弧终点相对始点的距离，R 是圆弧半径。I、K 为圆心在 X、Z 轴方向上相对始点的坐标增量，无论是直径编程还是半径编程，I 均为半径量，当 I、K 为零时可以省略。I、K 和 R 在程序段中等效，在同一程序段中同时出现 I、K、R 时，R 有效。

（5）G32 螺纹指令

格式：G32 X_ Z_ F_

执行 G32 指令时，刀具可以加工圆柱螺纹以及等螺距的圆锥螺纹，如图 2-26 所示。其中 X、Z 值在绝对指令时，为螺纹加工轨迹终点 B 的坐标值，在增量指令时为螺纹加工轨迹终点 B 相对始点 A 的距离。在螺纹加工轨迹中应设置足够的升速进刀段 δ 和降速退刀段 δ'，以消除伺服滞后造成的螺

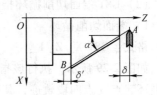

图 2-26　G32 螺纹指令

距误差。F 为螺纹导程，当加工圆锥螺纹时，斜角 α 在 45°以下，F 为 Z 轴方向螺纹导程；斜角在 45°以上，F 为 X 轴方向螺纹导程。表 2-15 为常用螺纹切削的进给次数与吃刀量。

表 2-15　常用螺纹切削的进给次数与吃刀量

米 制 螺 纹							
螺距/mm	1.0	1.5	2	2.5	3	3.5	4
牙深半径/mm	0.649	0.974	1.299	1.624	1.949	2.273	2.598
切削次数及吃刀量/mm（直径量）　1 次	0.7	0.8	0.9	1.0	1.2	1.5	1.5
2 次	0.4	0.6	0.6	0.7	0.7	0.7	0.8
3 次	0.2	0.4	0.6	0.6	0.6	0.6	0.6
4 次		0.16	0.4	0.4	0.4	0.6	0.6
5 次			0.1	0.4	0.4	0.4	0.4
6 次				0.15	0.4	0.4	0.4
7 次					0.2	0.2	0.4
8 次						0.15	0.3
9 次							0.2

（6）G04 延时指令

格式：G04　X_

G04 可指令所需延时时间。当执行 G04 指令时，可使其前一程序段的指令进给速度达到零之后，保持动作一段时间。其中 X 值指定延时时间，单位为秒。该指令常用于切槽、钻、镗孔，还可用于拐角轨迹控制。由于系统的自动加减速作用，刀具在拐角处的轨迹并不是直角，如果拐角处的精度要求很严时，可在拐角处使用暂停指令。

5. 单一切削循环指令

（1）G80 内外径切削循环指令

1）圆柱面的内外径切削循环

格式：G80 X__ Z__ F__

如图 2-27 所示，执行该指令时，刀具从循环起点 A 开始，经 A→B→C→D→A 四段轨迹，其中 AB、DA 段按快速 R 移动；BC、CD 段按指令速度 F 移动。X、Z 值在绝对指令时为切削终点 C 的坐标值，在增量指令时，为切削终点 C 相对于循环起点 A 的移动距离。

2）带锥度的内外径切削循环

格式：G80 X_ Z_ I_ F_

如图 2-28 所示，其中 X、Z 同上述一样，I 值为切削始点 B 与切削终点 C 的半径差，即 $r_{始} - r_{终}$。当算术值为正时，I 取正值，为负时，I 取负值。

（2）G81 端面切削循环指令

1）端面切削循环

格式：G81 X_ Z_ F_

如图 2-29 所示，执行该指令，刀具经循环起点 A→切削始点 B→切削终点 C→退刀点 D→循环起点 A 点四段轨迹，其中 AB、DA 段按快速 R 移动，BC、CD 段按指令速度 F 移动。X、Z 值在绝对指令时为切削终点 C 的坐标值，在增量指令时为切削终点 C 相对于循环起点

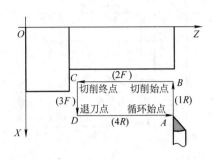

图 2-27　圆柱面的内外径切削循环

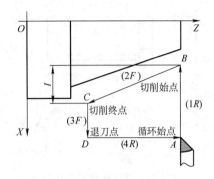

图 2-28　带锥度的内外径切削循环

A 的距离。

2）带锥度端面切削循环

格式：G81 X_ Z_ K_ F_

如图 2-30 所示，其中 X、Z 同上述一致。K 值为切削始点 B 相对与切削终点 C 在 Z 轴的移动距离，即 $Z_B - Z_C$。当算术值为正时，K 值取正，为负值时，K 值取负。

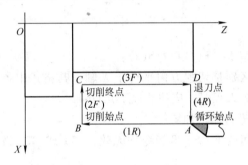

图 2-29　端面切削循环

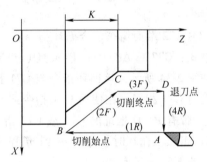

图 2-30　带锥度端面切削循环

（3）G82 螺纹切削循环指令

1）圆柱螺纹切削循环

格式：G82 X_ Z_ F_

如图 2-31 所示，执行该指令可切削圆柱螺纹，刀具经循环起点 A→螺纹始点 B→螺纹终点 C→退刀点 D→循环起点 A 四段轨迹，其中 AB、DA 两段按快速 R 移动，BC、CD 两段按指令速度 F 移动。其中 X、Z 在绝对指令时为螺纹终点 C 的坐标值，增量指令时为螺纹终点 C 相对循环起点 A 的移动距离，F 为螺纹导程。

2）圆锥螺纹切削循环

格式：G82 X_ Z_ I_ F_

如图 2-32 所示，其中 X、Y 同上述一致，I 为圆锥螺纹始点与圆锥螺纹终点的半径差，即 $r_始 - r_终$。

6. 复合循环切削指令

运用这组 G 代码，只需指定精加工路线和粗加工的背吃刀量，系统会自动计算粗加工路线和加工次数。

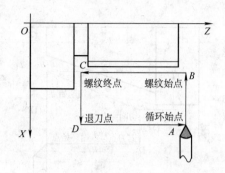

图 2-31　圆柱螺纹切削循环

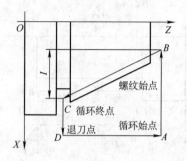

图 2-32　圆锥螺纹切削循环

（1）G71 外径粗加工循环指令

格式：$G71U(\Delta d)R(e)P(ns)Q(nf)X(\Delta u)Z(\Delta w)F(f)T(t)S(s)$

如图 2-33 所示，刀具起始点为 A，在某段程序中指定了由 $A\rightarrow A'\rightarrow B$ 的精加工路线，用此指令，就可实现背吃刀量 Δd（该值为半径值，无正负，方向由 AA' 决定），退刀量为 e，X、Z 轴方向精加工循环余量为 $\Delta u/2$ 和 Δw 的精加工循环。ns 为精加工路线的第一个程序段的顺序号，即 AA' 段的顺序号；nf 为精加工路线的最后一个程序段的顺序号，即 $B'B$ 段程序的顺序号。

（2）G72 端面粗车复合循环指令

格式：$G72W(\Delta d)R(e)P(ns)Q(nf)X(\Delta u)Z(\Delta w)F(f)T(t)S(s)$

如图 2-34 所示，该循环指令与 G71 指令的区别是切削方向平行于 X 轴，其格式中各参数含义与 G71 相同，在使用 G71 指令或 G72 指令编程时，应注意以下几点：

1）带有 P、Q 地址的 G71 或 G72 指令才能进行循环加工。

2）粗加工循环时，处于 ns 到 nf 程序段之间的 F、S、T 指令均无效，G71 或 G72 格式中含有的 F、S、T 有效。

3）在顺序号为 ns 的程序段中，必须使用 G00 或 G01 指令。

4）在顺序号为 ns 的程序中，使用 G71 指令时，不得有 Z 轴方向的位移，使用 G72 指令时，不得有 X 轴方向的位移。

5）由 A 到 B 的刀具轨迹在 X、Z 轴上必须连续递减或递增。

6）处于 ns 到 nf 程序段之间的精加工程序不应包含有子程序。

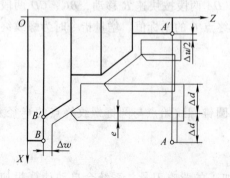

图 2-33　G71 外径粗加工循环

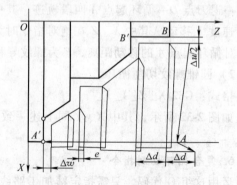

图 2-34　G72 端面粗车复合循环

（3）G73 封闭轮廓循环指令

格式：G73U（ΔI）W（Δk）R（d）P（ns）Q（nf）X（Δu）Z（Δw）

如图 2-35 所示，该功能在切削工作时，刀具轨迹为一封闭回路，刀具逐渐进给，使封闭切削回路逐渐向零件最终形状靠近，最终切削加工完成。其运动轨迹为：$A \rightarrow A_1 \rightarrow A_1{'} \rightarrow B_1 \rightarrow A_2 \rightarrow A_2{'} \rightarrow B_2 \cdots\cdots \rightarrow A \rightarrow A{'} \rightarrow B \rightarrow A$。其中：

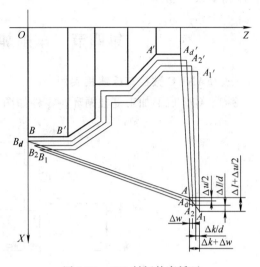

图 2-35　G73 封闭轮廓循环

ΔI 为 X 轴上粗加工的总退刀量，其为半径值。

Δk 为 Z 轴上粗加工的总退刀量。

d 为粗加工重复次数。

ns 为精加工路线的第一个程序段的顺序号。

nf 为精加工路线的最后一个程序段的顺序号。

Δu 为 X 轴方向上精加工余量（直径值）。

Δw 为 Z 轴方向上精加工余量。

S、T 为粗加工时的指令，此时顺序号为 ns 到 nf 程序段中的 F、S、T 指令无效。当精加工时，G73 指令的 F、S、T 指令无效，ns 到 nf 程序段中的 F、S、T 指令有效。

（4）G76 螺纹切削复合循环

格式：G76R（m）C（r）A（a）X（U）Z（W）I（i）K（k）U（d）V（Δd_{min}）Q（Δd）F（l）

如图 2-36 所示，其中：

m 为精整车削次数（1~99）。

r 为螺纹收尾长度（其在螺纹导程 L 的 0~99 倍中选值）。

a 为螺纹牙型角，即刀尖角度。

U 为绝对指令时螺纹终点 C 的 X 轴坐标值；增量指令时为螺纹终点 C 相对循环起点 A 在 X 轴的距离。

W 为绝对指令时螺纹终点 C 的 Z 轴坐标值；增量指令时螺纹终点 C 相对循环起点在 Z 轴向的距离。

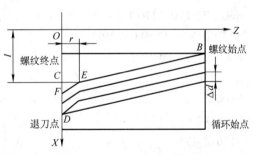

图 2-36　螺纹切削复合循环

i 为螺纹起点 C 与终点 D 的半径差。

k 为螺纹牙型高度（半径值）。

d 为精加工余量。

Δd_{min} 为最小切削深度。即当第 n 次切削，深度 Δd（$\sqrt{n} - \sqrt{n-1}$）小于此值时，以该值进行切削。

Δd 为第一次切削深度（半径值）。

l 为螺纹导程（同 G32）。

第四节　车削加工编程综合实例

一、FANUC 数控车床编程实例

例 1：G73 成形加工复合循环，零件如图 2-37 所示。

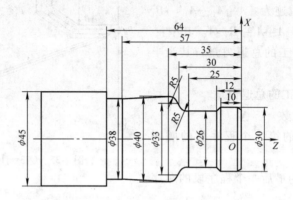

图 2-37　G73 成形加工复合循环零件图

N10 G97 G99 S1000 M03 T0101　　　　；1 号刀具补偿

N20 G0 X48 Z1　　　　　　　　　　　；接近工件

N30 G01 X－1 F0.1　　　　　　　　　　；车削端面

N40 Z2

N50 G0 X43.5 Z2

N55 G73 U9 W0 R9　　　　　　　　　　；调用成形加工复合循环

N60 G73 P70 Q170 U0.6 W0.3 F0.1 S1200

N70 G0 X28 Z2 S1500 M03

N80 G01 Z0 F0.05

N90 X30 Z－1

N100 Z－10

N110 X26 Z－12

N120 Z－25

N130 G02 X33 Z－30 R5

N140 G03 X40 Z－35 R5

N150 G01 X38 Z－57

N160 Z－64

N170 X45

N180 G0 X80 Z1

N190 G70 P70 Q170　　　　　　　　　　；调用精加工循环

N200 G0 X200 Z200

N210 M05

N220 T0100　　　　　　　　　　　　;取消刀具补偿

N230 M02

例2：G76 螺纹切削循环，零件如图 2-38 所示。

T0101　　　　　　　　　　　　　;刀具补偿

M03 S800

G0 X26 Z2

G76 P010060 Q100 R0. 1　　　　　;调用螺纹切削

循环

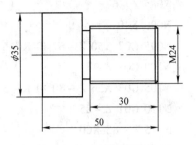

图 2-38　螺纹切削循环零件图

G76 X24 Z – 30 P1000 Q500 F2

G0 X200 Z200

T00　　　　　　　　　　　　　　;取消刀具补偿

M05

M02

例3：综合例题，零件如图 2-39 所示。

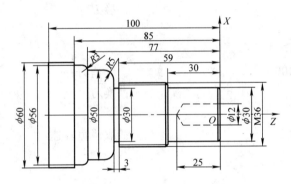

图 2-39　零件图

T1：外圆粗车刀；T2：外圆精车刀；T3：割槽刀；T4：钻头；T5：螺纹刀。

N010 G54 G90 G0 X100 Z200　　　　;回起始点

N015 T0100　　　　　　　　　　　;换 T01 号刀

N020 G96 S150 M03　　　　　　　　;主轴转动，恒线速

N025 G00 X66 Z0 T0101　　　　　　;调 T01 刀补

N030 G01 X – 1 F0. 2

N035 G00 X61 Z3

N040 G71 U1. 5 R0. 5　　　　　　　;粗切循环

N045 G71 P50 Q115 U0. 4 W0. 2 F0. 2　;粗切循环

N050 G00 X30

N060 X26

N065 X30 Z – 2

N070 Z – 30

N075 X36

N080 X40 Z – 32

N085 Z –62

N090 X40

N095 G03 X50 Z –67 I0 K –5

N100 G01 Z –77

N105 G03 X56 Z –80 I0 K –3

N110 G01 Z –85

N115 Z –85 X60

N120 G00 X100 Z200 T0100　　　　　　　; 取消刀补

N125 T0202　　　　　　　　　　　　　　; 换刀

N130 G00 X30 Z30

N135 G00 Z5

N140 G70 P50 Q115　　　　　　　　　　; 精切循环

N145 G00 X100 Z200

N150 T0200　　　　　　　　　　　　　　; 取消刀补

N160 T0404　　　　　　　　　　　　　　; 换刀

N165 G0 Z1

N170 G01 Z –25 F0.3

N175 G0 Z200 T0400　　　　　　　　　　; 取消刀补

N180 T0301　　　　　　　　　　　　　　; 换刀

N185 G0 X37 Z10

N190 G97 S300 M03　　　　　　　　　　; 取消恒转速

N195 G01 X26 F0.1

N200 G00 X37

N205 G0 X100 Z200 T0300

N210 T0501

N215 G00 X40Z3　　　　　　　　　　　　; 换刀

N220 X37 Z –29

N225 G76 P010060　　　　　　　　　　　; 车螺纹循环

N230 G76 X35.835 Z –60 P1083 Q500 F2.0　; 车螺纹循环

N235 G00 X61 Z3

N240 X100 Z200 T0300　　　　　　　　　; 取消刀补

N245 M05　　　　　　　　　　　　　　　; 主轴停止

N250 M30　　　　　　　　　　　　　　　; 程序停止

二、华中数控铣床编程实例

零件如图 2-40 所示，该工件毛坯为 φ26mm 尼龙棒。

% 0012

N10 G54

N20 G00 X100 Z120 M03 S800

N30 M06 T0101

N40 G01 X32 Z2 F150

N50 G71 U2 R2 P60 Q120 X0.4 Z0.1 F150

N60 G01 X8 Z2

N70 X16 Z − 2

N80 Z − 24

N90 X20 Z − 37

N100 Z − 42

N110 G02 X28 Z − 60 R42.5

N120 G01 Z − 65

N130 G00 X100 Z120

N140 T0100

N150 M06 T0202

N160 G00 X30 Z0

N170 G01 X18 Z − 24 F200

N180 G01 X10 F20

N190 X20 F100

N200 G00 X100 Z120

N210 T0200

N220 M06 T0303

N230 G00 X25 Z2

N240 G82 X15.1 Z − 21 F2

N250 G82 X14.5 Z − 21 F2

N260 G82 X13.9 Z − 21 F2

N270 G82 X13.5 Z − 21 F2

N275 G82 X13.4 Z − 21 F2

N280 G00 X100 Z120

N290 T0300

N300 M05

N310 M02

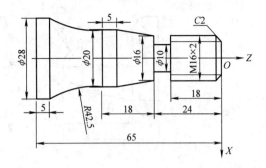

图 2-40　车削加工实例

习题与思考题

2-1　FANUC 0i 数控系统中固定循环编程主要有哪些？其基本格式是什么？

2-2　华中数控系统中单一切削循环指令、复合循环切削指令的主要区别是什么？其基本格式是什么？

2-3　用 G92 程序段设置的工件坐标系原点在机床坐标系中的位置是否不变？为什么？

2-4　编制图 2-41 所示零件的数控车削精加工程序。

2-5　编制图 2-42 所示零件的数控车削粗精加工程序。

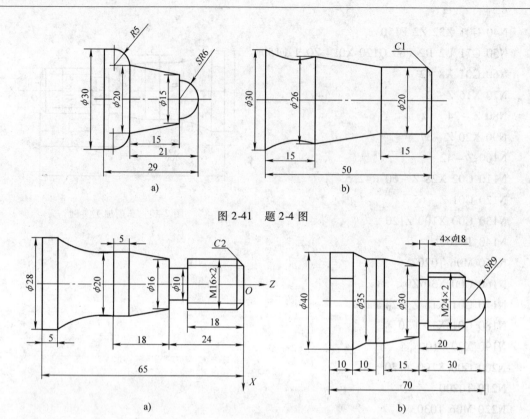

图 2-41　题 2-4 图

图 2-42　题 2-5 图

第三章　数控铣床编程

第一节　SIEMENS 数控铣床编程

本节以西门子 SIEMENS802C 数控系统为例介绍西门子数控铣床编程。SIEMENS802 系统包括 802S/Se/Sbase line、802C/Ce/Cbase line、802D 等型号，SIEMENS802S、802C 系列是 SIEMENS 公司专为简易数控机床开发的经济型数控系统，802S/Se/Sbase line 系列采用步进电动机驱动，802C/Ce/Cbase line 系列采用数字式交流伺服驱动系统。

一、SIEMENS 802C 数控铣床编程指令

1. G 功能指令

G 功能指令及含义见表 3-1。

表 3-1　G 功能指令

地　址	含　义	说　明	编　程
G	G 功能（准备功能字）	G 功能分为模态指令和非模态指令	G _
G0	快速移动		G0 X _ Y _ Z _
G1	直线插补		G1 X _ Y _ Z _ F _
G2	顺时针圆弧插补		圆心和终点： G2/G3 X _ Y _ Z _ I _ J _ K _ F _
G3	逆时针圆弧插补	模态有效	半径和终点： G2/G3 X _ Y _ CR = _ F _
G5	中间点圆弧插补		G5 X _ Y _ Z _ IX = _ JY = _ KZ = _ F _
G4	暂停时间	本程序段有效	G4 F _ 或 G4 S _
G74	回参考点		G74 X _ Y _ Z _
G75	回固定点		G75 X _ Y _ Z _
G17 *	X/Y 平面		
G18	Z/X 平面	平面选择，模态有效	
G19	Y/Z 平面		
G40 *	刀具半径补偿方式取消		
G41	刀具半径左补偿	模态有效	
G42	刀具半径右补偿		
G500	取消可设定零点偏置	可设定零点偏置模态有效	
G54	第一工件坐标系偏置		
G55	第二工件坐标系偏置		
G56	第三工件坐标系偏置		

（续）

地 址	含 义	说 明	编 程
G57	第四工件坐标系偏置		
G64	连续路径方式		
G70	英制尺寸	英制/米制尺寸模态有效	
G71 *	米制尺寸		
G90 *	绝对坐标	绝对坐标/相对坐标模态有效	
G91	相对坐标		
G94 *	进给率 F，单位 mm/min	进给/主轴模态有效	
G95	进给率 F，单位 mm/r		

注：带 * 的功能在程序启动时生效。

2. M 辅助功能指令

M 辅助功能指令及含义见表 3-2。

表 3-2　M 辅助功能指令

地 址	含义及赋值	说 明
M	辅助功能，0~99 整数，无符号	一个程序段中最多有 5 个 M 功能
M0	程序停止	用 M0 停止程序的执行：按"启动"键加工继续执行
M1	程序有条件停止	与 M0 一样，但仅在"条件停（M1）有效"功能被软键或接口信号触发后才生效
M2	程序结束	在程序的最后一段被写入
M3	主轴正转	
M4	主轴反转	
M5	主轴停	
M17	子程序停止	在子程序的最后一段被写入
M30	程序停止	在程序的最后一段被写入

3. 其他功能指令

其他功能指令及含义见表 3-3。

表 3-3　其他功能指令

地 址	含义及赋值	说 明	编 程
D	刀具刀补号 0~9，整数，不带符号	用于某个刀具的补偿参数：D0 表示补偿值 =0，一个刀具最多有 9 个 D 号	D _
F	进给率，0.001~99999.999	刀具/工件的进给速度，对应 G94 或 G95，单位分别为 mm/min 钟或 mm/r	F _
F	停留时间（与 G4 一起可以设置），0.001~99999.999	停留时间，单位 s	G4 F _
I	插补参数，±0.001~99999	X 轴尺寸，在 G2 和 G3 中为圆心坐标	参见 G2，G3
J	插补参数，±0.001~99999	Y 轴尺寸，在 G2 和 G3 中为圆心坐标	参见 G2，G3

（续）

地 址	含义及赋值	说 明	编 程
K	插补参数，±0.001~99999	Z轴尺寸，在 G2 和 G3 中为圆心坐标	参见 G2，G3
L	子程序名及子程序调用，7 位十进制整数，无符号	可以选择 L1~L9999999；子程序调用需要一个独立的程序段	L001
P	子程序调用次数，1~9999 整数，无符号	在同一程序段中多次调用子程序	N10 L871 P3
R0 到 R249	计算参数，±0 0001~99999999	R0 到 R99 可以自由使用，R100 到 R249 作为加工循环中传送参数	
S	主轴转速，在 G4 中表示暂停时间，0.001~99999.999	主轴转速，单位是转/分，在 G4 中作为暂停时间	S1000
T	刀具号，1~99 整数，无符号	可以用 T 指令直接更换刀具，可由 M6 进行	T1
X	坐标轴，±0.001~99999.999	位移信息	X10
Y	坐标轴，±0.001~99999.999	位移信息	Y10
Z	坐标轴，±0.001~99999.999	位移信息	Z10
CHF	倒角，0.001~99999.999	在两个轮廓之间插入给定长度的倒角	N10G1X _ Y _ CHF =
CR	圆弧插补半径，0.001~99999.999	大于半圆的圆弧带负号"-"，在 G2/G3 中确定圆弧	N10G2/G3X _ Y _ CR =
IX	中间点坐标，±0.001~99999.999	X轴尺寸，用于中间点圆弧插补 G5	参见 G5
JY		Y轴尺寸，用于中间点圆弧插补 G5	参见 G5
KZ		Z轴尺寸，用于中间点圆弧插补 G5	参见 G5
LCYC	加工循环	调用加工循环时要求一个独立的程序段；事先给定的参数必须赋值	
LCYC60	线性孔排列	R115：钻孔或攻螺纹循环号 R116：横坐标参考点 R117：纵坐标参考点 R118：第一孔到参考点的距离 R119：孔数 R120：平面中孔排列直线的角度 R121：孔间距离	N10 R115 = _ R116 = _ N20 LCYC60
LCYC75	铣凹槽和键槽	R101~R103 同 LCYC82 R104：凹槽深度（绝对） R116：凹槽圆心横坐标 R117：凹槽圆心纵坐标 R118：凹槽长度 R119：凹槽宽度 R120：拐角半径 R121：最大进刀深度	N10 R101 = _ R102 = _ N20 LCYC75

（续）

地 址	含义及赋值	说 明	编 程
LCYC75	铣凹槽和键槽	R122：深度进刀进给率 R123：表面加工的进给率 R124：平面加工的精加工余量 R125：深度加工的精加工余量 R126：铣削方向值：2用于G2，3用于G3 R127：铣削类型值：1用于粗加工，2用于精加工	
LCYC82	钻削，端面锪孔	R101：返回平面（绝对） R102：安全距离 R103：参考平面（绝对） R104：最后钻深（绝对） R105：在此钻削深度停留时间	N10 R101 = _ R102 = _ N20 LCYC82
LCYC83	深孔钻削	R101～R105 同 LCYC82 R107：钻削进给率 R108：首钻进给率 R109：在起始点和排屑时停留时间 R110：首钻深度（绝对） R111：递减量 R127：加工方式：断屑 =0 退刀排屑 =1	N10 R101 = _ R102 = _ N20 LCYC83
LCYC840	带补偿夹具切削内螺纹	R101～R104 同 LCYC82 R106：螺纹导程值 R126：攻螺纹时主轴旋转方向	N10 R101 = _ R102 = _ N20 LCYC840
LCYC84	不带补偿夹具切削内螺纹	R101～R104 同 LCYC82 R105：在螺纹终点处的停留时间 R106：螺纹导程值 R112：攻螺纹速度 R113：退刀速度	N10 R101 = _ R102 = _ N20 LCYC84
LCYC85	镗孔	R101～R104 同 LCYC82 R105：停留时间 R107：钻削进给率 R108：退刀时进给率	N10 R101 = _ R102 = _ N20 LCYC84
GOTOB	向后跳转指令	与跳转标志符一起，表示跳转到所标志的程序段，跳转方向向前	N20 GOTOB MARKE 1
GOTOF	向前跳转指令	与跳转标志符一起，表示跳转到所标志的程序段，跳转方向向后	N20GOTOF MARKE 2
RND	圆角 0.010～999.999	在两个轮廓之间以给定的半径插入过渡圆弧	N10 X _ Y _ RND = _ N11 X _ Y _

二、G 功能指令

1. 平面选择 G17、G18、G19

指令格式　G17
　　　　　G18
　　　　　G19

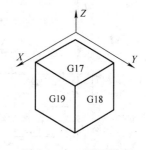

图 3-1　加工平面设定

G17 表示选择 XY 平面；G18 表示选择 ZX 平面；G19 表示选择 YZ 平面。一般系统默认为 G17，如图 3-1 所示。

2. 绝对坐标和增量坐标指令 G90/G91

指令格式　G90
　　　　　G91

G90 指令建立绝对坐标输入方式，移动指令目标点的坐标值 X、Y、Z，表示刀具离开工件坐标系原点的距离。

G91 指令建立增量坐标输入方式，移动指令目标点的坐标值 X、Y、Z，表示刀具离开当前点的坐标增量。

3. 米制尺寸/英制尺寸指令 G71、G70

指令格式　G70
　　　　　G71

G70 指令把所有的几何值转换为英制尺寸。

G71 指令把所有的几何值转换为米制尺寸。

4. 可编程的零点偏置和坐标轴旋转 G158、G258、G259

指令格式　G158 X _ Y _ Z _　；可编程的偏置，取消以前的偏置和旋转
　　　　　G258 RPL = _　　；可编程的旋转，取消以前的偏置和旋转
　　　　　G259 RPL = _　　；附加的可编程旋转

可以在所有坐标轴上进行零点偏置，在当前坐标平面 G17 或 G18 或 G19 中进行坐标轴旋转。

1）用 G158 指令可以对所有坐标轴上进行零点偏移，G158 为模态有效。

2）用 G258 指令可以在当前平面中编程一个坐标轴旋转，G258 为模态有效。

3）用 G259 指令可以在当前平面中编程一个坐标轴旋转，如果已经有一个 G158、G258，G259 指令生效，则在 G259 指令下编程的旋转附加到当前编程的偏置或坐标旋转上，如图 3-2 所示。

编程举例，加工图 3-3 所示轮廓。

```
N10 G17 G54 G90 M3 S800 ；设置参数
N20 G158 X30 Y15          ；可编程零点偏置
N30 L20                   ；子程序调用，其中包含待偏移的几何量
N40 G158 X50 Y40          ；新的零点偏置
N50 G259 RPL = 45         ；附加的坐标旋转 45 度
N60 L20                   ；子程序调用
N70 G158
…
```

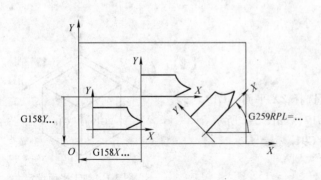

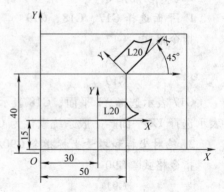

图 3-2　可编程零点偏置　　　　　　图 3-3　可编程零点偏置举例

5. 工件坐标系选择指令 G54 ~ G57，G500

G54 ~ G57：设定工件零点在机床坐标系中的位置，如图 3-4a 所示。

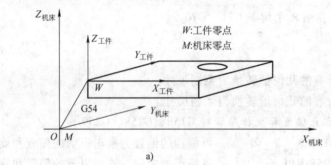

a)

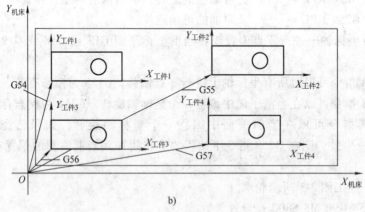

b)

图 3-4　工件坐标系选择指令 G54 ~ G57，G500

a) 工件零点在机床坐标系中的位置　b) 工件坐标系选择

G500：取消可设定零点偏置，模态有效。

编程举例，如图 3-4b 所示。

N10 G54…　　　　　;调用第一可设定零点偏置

N20 L20　　　　　　;调用子程序加工工件 1

N30 G55…　　　　　;调用第二可设定零点偏置

N40 L20 　　　　　　；调用子程序加工工件 2

N50 G56… 　　　　　；调用第三可设定零点偏置

N60 L20 　　　　　　；调用子程序加工工件 3

N70 G57… 　　　　　；调用第四可设定零点偏置

N80 L20 　　　　　　；调用子程序加工工件 4

N70 G500 G0 X…；取消可设定零点偏置

…

在使用 G54 ~ G57 时注意，应先用 MDI 方式输入各编程坐标系的坐标原点在机床坐标系中的坐标值。

6. 坐标轴运动

（1）快速线性移动 G0

指令格式　　G0 X _ Y _ Z _

G0 指令使刀具相对于工件以各轴预先设定的速度，从当前位置快速移动到程序段指令的定位目标点。G0 一般用于加工前的快速定位或加工后的快速退刀。

（2）直线插补指令 G1

指令格式　　G1 X _ Y _ Z _ F _

刀具以直线从起始点按 F 指定的进给速度运动到目标点。

（3）圆弧插补指令 G2/G3

指令格式

$$G17 \begin{Bmatrix} G2 \\ G3 \end{Bmatrix} X \_ Y \_ \begin{cases} CR \_ = \_ \\ AR = \_ \ F \_ \\ I \_ J \_ \end{cases}$$

$$G18 \begin{Bmatrix} G2 \\ G3 \end{Bmatrix} X \_ Z \_ \begin{cases} CR \_ = \_ \\ AR = \_ \ F \_ \\ I \_ K \_ \end{cases}$$

$$G19 \begin{Bmatrix} G2 \\ G3 \end{Bmatrix} Y \_ Z \_ \begin{cases} CR \_ = \_ \\ AR = \_ \ F \_ \\ J \_ K \_ \end{cases}$$

刀具以圆弧轨迹从起始点按 F 指定进给速度运动到目标点。

G2 为顺时针圆弧插补，G3 为逆时针圆弧插补，如图 3-5 所示。G2/ G3 模态有效。在

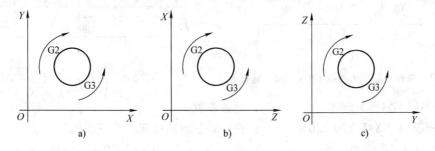

图 3-5　在三个平面上圆弧插补 G2/ G3 方向

XY 平面上圆弧 G2／G3 编程的几种方式如图 3-6 所示。

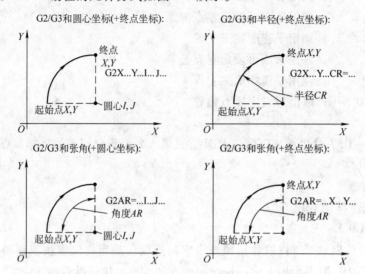

图 3-6　在 X/Y 平面上圆弧 G2/G3 编程的几种方式

X、Y、Z：圆弧终点坐标。

I、J、K：圆弧起点相对于圆心点在 X、Y、Z 轴向的增量值。

CR：圆弧半径，其为负号表明圆弧段大于半圆，正号表明圆弧段小于或等于半圆，如图 3-7 所示。

AR：张角。

F：进给速度。

整圆编程时只可以使用圆心坐标及终点坐标。

编程举例，加工图 3-8 所示轮廓。

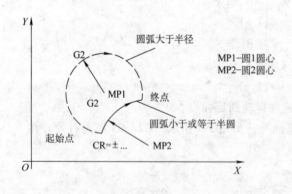

图 3-7　两种可能圆弧通过 $CR = +$ 或 $-$ 选择

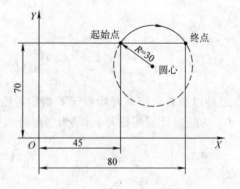

图 3-8　终点坐标、半径编程

```
N10 G17 G54 M3 S800              ；设置参数
N20 G90 G0 X45 Y70 Z20           ；快速定位到圆弧起点，三轴同时移动
N30 G1 Z－2 F200                  ；进刀到 Z－2，进给率 200mm/min
N40 G2 X80 Y70 CR＝30             ；以圆弧终点、圆弧半径编程
```

N50 G0 Z100　　　　　　　　　；快速抬刀

N60 M2　　　　　　　　　　　；程序结束

（4）通过中间点进行圆弧插补 G5

指令格式

G17 G5 X _ Y _ IX _ JY _ F _

G18 G5 X _ Z _ IX _ KZ _ F _

G19 G5 Y _ Z _ JY _ KZ _ F _

已知圆弧轮廓上三个点坐标，可以使用 G5 进行圆弧编程。通过起点与终点之间的中间点位置确定圆弧方向。

编程举例，加工图 3-9 所示轮廓。

N10 G17 G54 M3 S800　　　　　；设置参数

N20 G90 G0 X40 Y60 Z10　　　 ；快速定位到圆弧起点，三轴同时移动

N20 G1 Z – 2 F200　　　　　　 ；下刀到 Z – 2，进给率 200mm/min

N30 G5 X80 Y60 IX = 60 JY = 70　；圆弧终点、中间点坐标

N40 G0 Z100　　　　　　　　　；快速抬刀

N50 M2　　　　　　　　　　　；程序结束

7. 螺纹切削

恒螺距螺纹切削 G33

指令格式　　G33 Z _ K _

Z：钻孔深度。

K：螺距。

编程举例，加工图 3-10 所示螺纹，螺距 1.5mm。

G33 Z – 10 K1.5

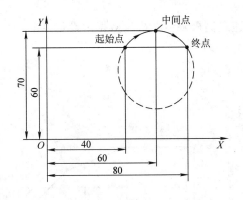

图 3-9　已知终点、中间点坐标进行圆弧插补

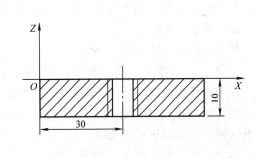

图 3-10　G33 攻螺纹

8. 返回固定点控制指令 G75

指令格式　　G75 X _ Y _ Z _

返回到机床中某个固定点，如换刀点。固定点位置固定存储在机床数据中，不会产生偏移。

例：N10 G75 X0 Y0 Z0 ；返回到 X0 Y0 Z0 点

…

9. 回参考点控制指令 G74

指令格式　G74 X _ Y _ Z _

实现 NC 程序中回回参考点。每个轴方向及速度存储在机床数据中。

例：N10 G74 X0 Y0 Z0 　；返回到 X0 Y0 Z0 点

…

10. 准确定位/连续路径加工 G9，G60，G64

指令格式　G9

　　　　　G60

　　　　　G64

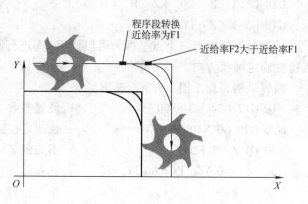

G9：准确定位，单程序段有效。

G60：准确定位，模态有效。

G64：连续路径加工。如图 3-11 所示。

图 3-11　G64 连续路径加工拐角

G9 或 G60 功能生效时，当到达定位精度后，移动轴进给速度减小到零。

11. 暂停指令 G4

指令格式　G4 F_暂停时间（秒）。

　　　　　G4 S_暂停主轴转速。

G4 只对本程序段有效。

12. 主轴转速极限 G25，G26

指令格式　G25 S_主轴转速下限。

　　　　　G26 S_主轴转速上限。

限制特定情况下主轴的极限值范围，主轴转速最高极限值在机床数据中设定。

13. 倒角，倒圆

指令格式：CHF = _插入倒角。

　　　　　RND = _插入倒圆。

在轮廓拐角处插入倒圆或倒角。如果超过 3 个连续编程的程序段中不含平面中移动指令或进行平面转换时，不可以进行倒角或倒圆。

编程举例，加工图 3-12 所示轮廓。

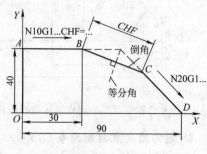

N10 G17 G54 M3 S800　　　；设置参数

N20 G90 G0 X0 Y0 Z10　　；快速定位，三轴同时移动

N30 G1 Z − 2 F200　　　　；下刀

N40 Y40　　　　　　　　　；加工 OA 段

N50 X30　　　　　　　　　；加工 AB 段

N60 G1 CHF = 5　　　　　 ；倒角 5mm

图 3-12　倒角

N70 G1 X90 Y0	；加工 *CD* 段
N80 X0 Y0	；加工 *DO* 段
N90 G0 Z30	；抬刀
N100 M2	；程序结束

编程举例：

直线/直线，加工图 3-13a 所示轮廓。

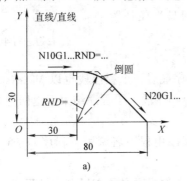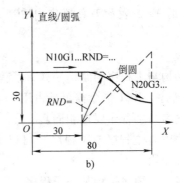

图 3-13 倒圆

a）直线/直线倒圆 b）直线/圆弧倒圆

N10 G17 G54 M3 S800	；设置参数
N20 G90 G0 X0 Y30 Z10	；快速定位，三轴同时移动
N30 G1 Z－2 F200	；下刀
N40 X30	；直线插补
N50 G1 RND＝8	；倒圆，半径 8mm
N60 G1 X80 Y0	；直线插补
N70 G0 Z30	；抬刀
N80 M2	；程序结束

直线/圆弧，加工图 3-13b 所示轮廓。

N10 G17 G54 M3 S800	；主轴顺时针旋转，速度 800r/min
N20 G90 G0 X0 Y30 Z10	；快速定位，三轴同时移动
N30 G1 Z－2 F200	；下刀
N30 X30	；直线插补
N40 G1 RND＝8	；倒圆，半径 8mm
N50 G3 X80 Y20 CR＝60	；圆弧插补
N60 G0 Z30	；抬刀
N70 M2	；程序结束

14. 刀具半径补偿 G41、G42

指令格式　　G41（G0，G1）X＿Y＿刀具半径左补偿

　　　　　　G42（G0，G1）X＿Y＿刀具半径右补偿

数控系统根据工件轮廓和刀具半径自动计算刀具中心轨迹，控制刀具沿刀具中心轨迹移动，加工出所需要的工件轮廓，编程时避免计算复杂的刀具中心轨迹。

1）只有在线性插补时（G0，G1）才可以进行 G41/G42 的选择。

2）沿刀具进刀方向看，刀具中心在零件轮廓左侧，则为刀具半径左补偿，用 G41 指令；刀具中心在零件轮廓右侧，则为刀具半径右补偿，用 G42 指令，如图 3-14 所示。

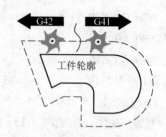

图 3-14　刀具在工件轮廓左边/右边进行半径补偿

15. 取消刀具半径补偿 G40

指令格式　G40（G0，G1）X _ Y _

1）只有在线性插补时（G0，G1）才可以进行 G40。

2）指令中的 X、Y 表示刀具轨迹中取消刀具半径补偿点的坐标值。

16. 子程序

子程序的结构与主程序的结构一样，子程序最后一个程序段也以 M2 结束运行，还可以用 RET 结束子程序，RET 指令需单独占用一个程序段。子程序结束后返回主程序。

子程序程序名与主程序要求相同。

在一个程序中（主程序或子程序）可以直接用程序名调用子程序，子程序调用要求占用一个独立的程序段。

如果要求多次连续地执行某一子程序，则在设置时必须在所调用子程序的程序名后地址 P 下写入调用次数，最大次数可以为 9999。

例 N10 L100 P5；调用子程序 L100，运行 5 次

17. 循环加工

循环是指用于特定加工过程的工艺子程序，如钻削、螺纹切削等，只要改变参数就可以使循环用于各种具体加工过程。

（1）说明

1）循环概况

LCYC82：钻削，沉孔加工。

LCYC83：深孔钻削。

LCYC840：带补偿夹具的螺纹切削。

LCYC84：不带补偿夹具的螺纹切削。

LCYC85：镗孔。

LCYC60：线性孔排列。

LCYC61：圆弧孔排列。

LCYC75：矩形槽、键槽、圆形凹槽铣削。

2）参数使用。循环中所使用的参数为 R100～R149。

调用一个循环之前该循环中的传递参数必须已经赋值，不需要的参数置为零。循环结束以后传递参数的值保持不变。

3）计算参数。循环使用 R250 至 R299 作为内部计算参数，在调用循环时清零。

4）调用/返回条件。编程循环时不考虑具体的坐标轴。在调用循环之前，必须在调用程序中回钻削位置。如果在钻削循环中没有用于设定进给率、主轴转速和方向的参数，则必须在零件程序中设定这些值。循环结束以后 G0、G90、G40 一直有效。

5）循环重新编译。当参数组在调用循环之前并且紧挨着循环调用语句时，才可以进行循环的重新编译。这些参数不可以被 NC 指令或者注释语句隔开。

6）平面定义。钻削循环和铣削循环的前提条件就是首先选择平面 G17、G18 或 G19，激活编程的坐标转换（零点偏置，旋转）从而定义目前加工的实际坐标系。钻削轴始终为系统的第三坐标轴。

在调用循环之前，平面中必须已经有一个具有补偿值的刀具生效，在循环结束之后该刀具保持有效。

（2）钻削循环

1）钻削、沉孔加工循环指令 LCYC82。刀具以指定的主轴速度和进给速度钻孔，直至到达给定的最终钻削深度。在到达最终钻削深度时可以编程一个停留时间。退刀时以快速移动速度进行，如图 3-15 所示。

调用 LCYC82 应注意：

①　必须在调用程序中规定主轴速度值和方向以及钻削轴进给率。

②　在调用循环之前必须在程序中回钻孔位置。

③　在调用循环之前必须选择带补偿值的相应的刀具。

各参数如下：

$R101$：退回平面（绝对平面）。确定了循环结束之后钻削轴的位置。

$R102$：安全距离。只对参考平面而言，由于有安全距离，参考平面被抬高了一个距离。循环可以自动确定安全距离的方向。

$R103$：参考平面（绝对平面）。参数 $R103$ 所确定的参考平面就是图纸中所标明的钻削起始点。

$R104$：最后钻深（绝对值）。此参数确定钻削深度，取决于工件零点。

$R105$：在此钻削深度停留时间（s）。

编程举例：

使用 LCYC82 循环加工图 3-16 所示尺寸的孔，在孔底停留时间 2s，钻孔坐标轴方向安全距离为 5mm。循环结束后刀具处于（30，10，20）。

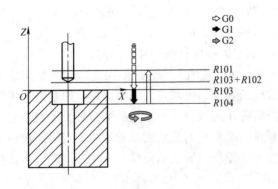

图 3-15　LCYC82 循环时序过程及参数

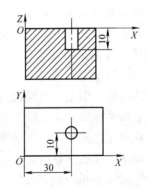

图 3-16　沉孔加工举例

```
N10 G17 F400 T1 D1 S800 M4          ;规定一些参数值
N20 G90 G0 X30 Y10                  ;到钻孔位置
N30 R101 = 10 R102 = 5 R103 = 0 R104 = 10 ;设定参数
```

N35 R105 = 2 　　　　　　　　　　　　　　；设定参数

N40 LCYC82 　　　　　　　　　　　　　　；调用循环

N50 M2 　　　　　　　　　　　　　　　　；程序结束

2）深孔钻削循环指令 LCYC83。深孔钻削循环加工中心孔，通过分步钻入达到最后的钻深，钻深的最大值事先规定。

钻削既可以在每步到钻深后，提出钻头到其参考平面达到排屑目的，也可以每次上提 1mm 以便断屑。如图 3-17 所示。

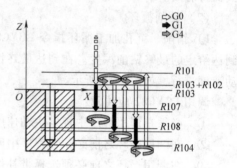

调用 LCYC83 应注意：

① 必须在调用程序中规定主轴速度和方向。

② 在调用循环之前钻头必须已经处于钻削开始位置。

③ 在调用循环之前必须选取钻头的刀具补偿值。

图 3-17　LCYC83 循环时序过程及参数

各参数如下：

$R101$：退回平面（绝对平面）。确定了循环结束之后钻削加工轴的位置。循环以位于参考平面之前的退回平面为出发点，因此从退回平面到钻深的距离也较大。

$R102$：安全距离，无符号。只对参考平面而言，由于有安全距离，参考平面被提前了一个安全距离量。循环可以自动确定安全距离的方向。

$R103$：参考平面（绝对平面）。参数 $R103$ 所确定的参考平面就是图纸中所标明的钻削起始点。

$R104$：最后钻深（绝对值）。以绝对值编程，与循环调用之前的状态 G90 或 G91 无关。

$R105$：在此钻削深度停留时间。

$R107$：钻削进给率。编程第一次钻深进给率。

$R108$：首钻进给率。编程其后钻削的进给率。

$R109$：在起始点和排屑时停留时间。参数 $R109$ 之下可以编程几秒钟的起始点停留时间。只有在"排屑"方式下才执行在起始点处的停留时间。

$R110$：首钻深度（绝对值）。参数 $R110$ 确定第一次钻削行程的深度。

$R111$：递减量，无符号。参数 $R111$ 下确定递减量的大小，从而保证以后的钻削量小于当前的钻削量。用于第二次钻削的量如果大于所编程的递减量，则第二次钻削量应等于第一次钻削量减去递减量。否则，第二次钻削量就等于递减量。当最后的剩余量大于两倍的递减量时，则在此之前的最后钻削量应等于递减量，所剩下的最后剩余量平分为最终两次钻削行程。如果第一次钻削量的值与总的钻削深度量相矛盾，则显示报警号 61107 "第一次钻深错误定义"从而不执行循环。

$R127$：加工方式。

断屑 = 0：钻头在到达每次钻削深度后上提 1mm 空转，用于断屑。

排屑 = 1：每次钻深后钻头返回到安全距离之前的参考平面，以便排屑。

编程举例：

加工图 3-18 所示孔，程序在位置 Z70 处执行循环 LCYC83。

```
N10 G17 G90 T1 S600 M3              ;确定工艺参数
N20 G0 Z10
N30 G1 Z -70 F200                   ;回第一次钻削位置
N40 R101 =10 R102 =2 R103 =0        ;设定参数
N50 R104 =5 R105 =0 R109 =0 R110 = -70   ;设定参数
N60 R111 =30 R107 =600 R127 =1 R108 =500  ;设定参数
N70 LCYC83                          ;调用循环
N80 M2                              ;程序结束
```

3）不带补偿夹具螺纹切削 LCYC84。刀具以设置的主轴转速和方向钻削，直至给定的螺纹深度。与 LCYC840 相比此循环运行更快更精确。尽管如此，加工时仍应使用补偿夹具。钻削轴的进给率由主轴转速给出。在循环中旋转方向自动转换，退刀以另一个速度进行，如图 3-19 所示。

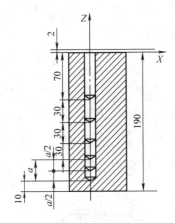

图 3-18　深孔加工示意图

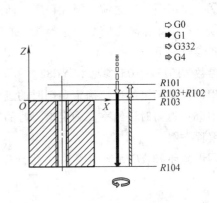

图 3-19　LCYC84 不带补偿夹具螺纹切削

调用 LCYC84 应注意：

①　主轴必须是位置控制主轴（带编码器）时才可以应用此循环。循环在运行时本身并不检查主轴是否具有实际值编码器。

②　在调用循环之前必须在调用程序中回到钻削位置。

③　在调用循环之前必须选择相应的带刀具补偿的刀具。

④　必须根据主轴机床数据设定情况和驱动的精度情况使用补偿夹具。

各参数如下：

$R101$ 、$R102$、$R103$、$R104$、$R105$ 参见 LCYC82。

$R106$：螺纹导程。范围：$0.001 \sim 2000$mm 和 $-0.001 \sim -2000$mm。数值前的符号表示加工螺纹时主轴的旋转方向。正号表示右转（同 M3），负号表示左转（同 M4）。

$R112$：攻螺纹速度。规定攻螺纹时的主轴转速。

$R113$：退刀速度。设置退刀时的主轴转速。如果此值设为零，则刀具以 $R112$ 下所设置的主轴转速退刀。

编程举例：

调用循环 LCYC84 在 XY 平面（30，35）处攻螺纹。无停留时间。负螺距编程，即主轴左转。

```
N10 G90 G17 T1 D1                              ; 规定一些参数值
N20 G0 X40 Y40 Z10                             ; 回到钻孔位
N30 R101 = 10 R102 = 3 R103 = 0 R104 = 5 R105 = 0   ; 设定参数
N40 R106 = − 1.0 R112 = 150 R113 = 600          ; 设定参数
N50 LCYC84                                      ; 调用循环
N60 M2                                          ; 程序结束
```

4）镗孔 LCYC85。刀具以给定的主轴速度和进给速度钻削，直至最终钻削深度。如果到达最终深度，可以编程一个停留时间。进刀及退刀分别按照相应参数下编程的进给率速度进行，如图 3-20 所示。

调用 LCYC85 应注意：

① 必须在调用程序中规定主轴速度和方向。

② 在调用循环之前必须在程序中回到钻削位置。

③ 在调用循环之前必须选择相应的带刀具补偿的刀具。

各参数如下：

参数 $R101 \sim R105$ 参见 LCYC82。

$R107$：钻削进给率。确定钻削时的进给率大小。

$R108$：退刀时进给率。确定退刀时的进给率大小。

编程举例：

调用循环 LCYC85 镗削图 3-21 孔，孔相关尺寸见图，无停留时间。

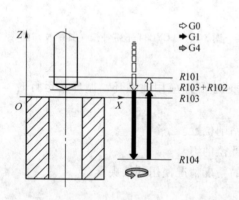

图 3-20　LCYC85 循环时序过程及参数

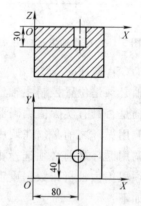

图 3-21　镗孔加工举例

```
N10 G17 F600 S800 M3 T1 D1                      ; 规定一些参数值
N20 G0 G90 Z110 X80 Y40                         ; 回到钻孔位
N30 R101 = 10 R102 = 2 R103 = 0 R104 = 30        ; 设定参数
N40 R105 = 0 R107 = 300 R108 = 500               ; 设定参数
N50 LCYC85                                       ; 调用循环
N60 M2                                           ; 程序结束
```

5）线性分布孔加工循环 LCYC60。用此循环加工线性排列孔如图 3-22 所示，孔加工循环类型用参数 *R*115 指定。

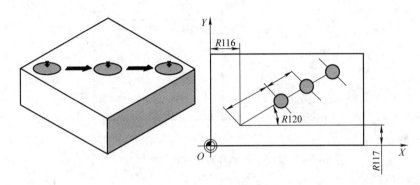

图 3-22 LCYC60 循环时序过程及参数

调用 LCYC60 应注意：

① 在调用程序中必须按照设定了参数的钻孔循环和车内孔螺纹循环的要求编程，给定主轴速度和方向及钻孔轴的进给率。

② 在调用钻孔循环之前必须对所选择的钻削循环和车内螺纹循环设定参数。

③ 在调用循环之前必须选择相应的带刀具补偿的刀具。

各参数如下：

*R*115：孔加工循环号：82（LCYC82），83（LCYC83），84（LCYC84），840（LCYC840），85（LCYC85）。选择待加工的钻孔或攻螺纹所需调用的钻孔循环号或攻螺纹循环号。

*R*116/*R*117：横坐标参考点/纵坐标参考点。在孔排列直线上确定一个点作为参考点，用来确定两个孔之间的距离，从该点出发定义到第一个钻孔的距离。

*R*118：第一个孔到参考点的距离。确定第一个钻孔到参考点的距离。

*R*119：钻孔的个数。确定钻的个数。

*R*120：平面中孔排列直线的角度。确定直线与横坐标的角度。

*R*121：孔间距。确定两个孔之间的距离。

编程举例：

用钻削循环 LCYC82 加工如图 3-23 所示孔，孔深 20mm，孔间距 20mm，孔中心线与横坐标的夹角 30°，孔底停留时间 2s，安全间隙 3mm。

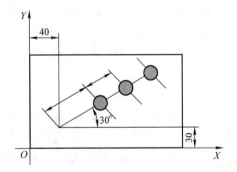

图 3-23 线性分布孔加工示意图

N10 G17 F200 T1 D1 S800 M3

N20 G90 G0 X40 Y30 Z20

N30 R101 = 5 R102 = 3 R103 = 0 R104 = 20

N40 R105 = 2 R115 = 82 R116 = 40 R117 = 30 R118 = 40 R119 = 3 R120 = 30 R121 = 20

N50 LCYC60

N60 M2

6）圆周分布孔加工循环 LCYC61。用此循环可以加工圆弧状排列的孔和螺纹，如图3-24 所示。

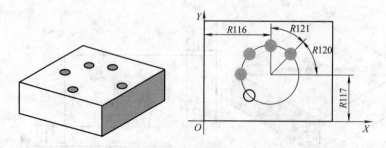

图 3-24　LCYC61 循环时序过程及参数

调用 LCYC61 应注意：

① 在调用该循环之前同样要对所选择的钻孔循环和车内螺纹循环设定参数。

② 在调用循环之前，必须要选择相应的带刀具补偿的刀具。

$R115$：参见 LCYC60。

$R116$：圆弧圆心横坐标（绝对值）。加工平面中圆弧孔位置通过圆心坐标。

$R117$：圆弧圆心纵坐标（绝对值）。加工平面中圆弧孔位置通过圆心坐标。

$R118$：圆弧半径。半径值只能为正。

$R119$：参见 LCYC61。

$R120$：起始角，数值范围 $-180 < R120 < 180$。确定圆弧上钻孔的排列位置。其中参数 $R120$ 给出横坐标正方向与第一个钻孔之间的夹角。

$R121$：角度增量。规定孔与孔之间的夹角。如果 $R121$ 等于零，则在循环内部将这些孔均匀地分布在圆弧上，从而根据钻孔数计算出孔与孔之间的夹角。

编程举例：

使用循环 LCYC82 加工如图 3-25 所示的 4 个深度为 25mm 的孔。圆通过 XY 平面上圆心坐标（80，65）和半径 $R45$mm 确定。起始角为 30°。Z 轴上安全距离为 2mm。主轴转速和方向以及进给率在调用循环中确定。

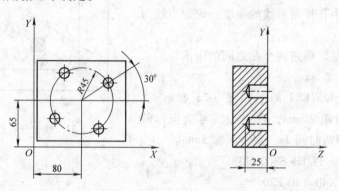

图 3-25　LCYC61 加工举例

```
N10 G17 F400 S600 M3 T1 D1                    ；确定工艺参数
N20 G90 G0 X50 Y50 Z5                         ；到出发点
N30 R101 = 5 R102 = 2 R103 = 0 R104 = 25 R105 = 1    ；定义钻削循环参数
```

N40 R115 = 82 R116 = 80 R117 = 65 R118 = 45 R119 = 4　　　；定义圆弧孔排列循环参数

N50 R120 = 30 R121 = 0　　　　　　　　　　　　　　　　　；定义圆弧孔排列循环参数

N60 LCYC61　　　　　　　　　　　　　　　　　　　　　　　；调用圆弧孔循环

N70 M2　　　　　　　　　　　　　　　　　　　　　　　　　；程序结束

7）铣槽加工循环 LCYC75。利用此循环，通过设定相应的参数可以铣削一个与轴平行的矩形槽或者键槽，或者一个圆形凹槽。循环加工分为粗加工和精加工。通过参数设定凹槽长度 = 凹槽宽度 = 两倍的圆角半径，可以铣削一个直径为凹槽长度或凹槽宽度的圆形凹槽，如图 3-26 所示。

如果凹槽宽度等同于两倍的圆角半径，则铣削一个键槽。加工时总是在第 3 轴方向从中心处开始进刀。这样在有导向孔的情况下就可以使用不能切中心孔的铣刀。

调用 LCYC75 应注意：

如果没有钻底孔，则该循环要求使用带端面齿的铣刀，从而可以切削中心孔。在调用程序中规定主轴的转速和方向，在调用循环之前刀具必须要带补偿。

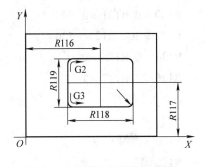

图 3-26　LCYC75 铣槽加工循环

各参数如下：

$R101 \sim R103$ 参见 LCYC82。

$R104$：凹槽深度（绝对坐标）。在此参数下设置参考面和凹槽槽底之间的距离（深度）。

$R116$：凹槽圆心横坐标。确定凹槽中心点的横坐标。

$R117$：凹槽圆心纵坐标。确定凹槽中心点的纵坐标。

$R118$：凹槽长度。确定平面上凹槽的形状。

$R119$：凹槽宽度。确定平面上凹槽的形状。

$R120$：拐角半径。

$R121$：最大进刀深度。确定最大的进刀深度。$R121 = 0$ 则立即以凹槽深度进刀。进刀从提前了一个安全距离的参考平面处开始。

$R122$：深度进刀进给率。进刀时的进给率，方向垂直于加工平面。

$R123$：表面加工的进给率。确定平面上粗加工和精加工的进给率。

$R124$：表面加工的精加工余量。设置粗加工时留出的轮廓精加工余量。

$R125$：深度加工的精加工余量。

$R126$：铣削方向。数值范围：2（G2），3（G3）。

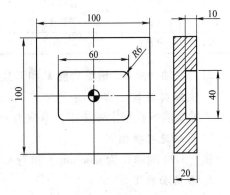

图 3-27　循环铣槽加工

$R127$：铣削类型。1：粗加工；2：精加工。

编程举例，加工如图 3-27 所示的槽。

N10 G56 G90 G17　　　　　；工件坐标系选择

N20 T1D1　　　　　　　　　；刀具补偿

N30 M6

N40 G0 Z50

N50 M3 S1200

N60 M8

N70 R101 = 50 R102 = 2   ；定义循环参数

R103 = 0 R104 = − 10

R116 = 0 R117 = 0

R118 = 60 R119 = 40

R120 = 6 R121 = 3

R122 = 200 R123 = 500

R124 = 0 R125 = 0

R126 = 3 R127 = 1

N80 LCYC75   ；调用铣槽循环

N90 G0 Z50

N100 M5 M9

N110 M2

第二节　华中数控铣床编程

一、辅助功能 M 代码

华中 HNC—21M 数控系统 M 指令功能如表 3-4 所示。

表 3-4　M 代码及功能

代　码	模　态	功能说明	代　码	模　态	功能说明
M02	非模态	程序结束	M03	模态	主轴正转起动
M30	非模态	程序结束并返回程序起点	M04	模态	主轴反转起动
M98	非模态	调用子程序	M05	模态	主轴停止转动
M99	非模态	子程序结束	M07	模态	切削液打开
M06	非模态	换刀	M09	模态	切削液停止

二、主轴功能 S、进给功能 F 和刀具功能 T

1. 主轴功能 S

主轴功能 S 控制主轴转速，单位为 r/min。

2. 进给速度功能 F

执行 G94 时单位为 mm/min，执行 G95 时单位为 mm/r。

3. 刀具功能 T

T 指令用于选刀，其后的数值表示选择的刀具号，T 代码与刀具的关系是由机床制造厂规定的。

三、准备功能 G 代码

某些模态 G 功能组中包含一个缺省 G 功能，系统上电时将被初始化为该功能。华中数控系统 G 功能指令见表 3-5。

表 3-5　准备功能

G 代码	组	功　　能	后续地址字
*G00		快速定位	X，Y，Z，A，B，C，U，V，W
G01	01	直线插补	同上
G02		顺圆插补	X，Y，Z，U，V，W，I，J，K，R
G03		逆圆插补	同上
G04		暂停	X
G07	00	虚轴指定	X，Y，Z，A，B，C，U，V，W
G09		准停校验	
*G11	07	单段允许	
G12		单段禁止	
*G17		X（U）Y（V）平面选择	X，Y，U，V
G18	02	Z（W）X（U）平面选择	X，Z，U，W
G19		Y（V）Z（W）平面选择	Y，Z，V，W
G20		英寸输入	
*G21	08	毫米输入	
G22		脉冲输入	
G24	03	镜像开	X，Y，Z，A，B，C，U，V，W
*G25		镜像关	
G28	01	返回到参考点	X，Y，Z，A，B，C，U，V，W
G29	00	由参考点返回	同上
G33	01	螺纹切削	X，Y，Z，A，B，C，U，V，W，F，Q
*G40		刀具半径补偿取消	D
G41	09	左刀补	D
G42		右刀补	
G43		刀具长度正向补偿	H
G44	10	刀具长度负向补偿	H
*G49		刀具长度补偿取消	
*G50	04	缩放关	
G51		缩放开	X，Y，Z，P
G52	00	局部坐标系设定	X，Y，Z，A，B，C，U，V，W
G53		直接机床坐标系编程	
*G54		工件坐标系 1 选择	
G55		工件坐标系 2 选择	
G56	11	工件坐标系 3 选择	
G57		工件坐标系 4 选择	
G58		工件坐标系 5 选择	
G59		工件坐标系 6 选择	
G60	00	单方向定位	X，Y，Z，A，B，C，U，V，W

（续）

G 代 码	组	功　　能	后续地址字
* G61	12	精确停止校验方式	
G64		连续方式	
G68	05	旋转变换	X，Y，Z，R
* G69		旋转取消	
G73		深孔钻削循环	X，Y，Z，P，Q，R
G74		逆攻螺纹循环	同上
G76		精镗循环	同上
* G80		固定循环取消	同上
G81		中心钻循环	同上
G82		钻孔循环	同上
G83	06	深孔钻循环	同上
G84		攻螺纹循环	同上
G85		镗孔循环	同上
G86		镗孔循环	同上
G87		反镗循环	同上
G88		镗孔循环	同上
G89		镗孔循环	同上
* G90	13	绝对值编程	
G91		增量值编程	
G92	11	工件坐标系设定	X，Y，Z，A，B，C，U，V，W
* G94	14	每分钟进给	
G95		每转进给	
G98	15	固定循环返回到起始点	
* G99		固定循环返回到 R 点	

注：00 组中的 G 代码是非模态的，其他组的 G 代码是模态的。* 为缺省值。

四、数控铣床常用编程指令

1. 有关坐标和坐标系的指令

（1）绝对值编程 G90 与相对值编程 G91

格式：G90 G _ X _ Y _ Z _

　　　G91 G _ X _ Y _ Z _

（2）工件坐标系设定 G92

格式：G92 X _ Y _ Z _

其中，X，Y，Z 为坐标原点到刀具起点的有向距离。

G92 指令通过设定刀具起点相对于坐标原点的位置建立工件坐标系。

（3）工件坐标系选择 G54 ~ G59　除了使用 G92 建立工件坐标系外，还可用 G54 ~ G59 在 6 个预定的工件坐标系中选择当前工件坐标系，这 6 个预定工件坐标系的坐标原点在机床坐标系中的值（工件零点偏置值）可用 MDI 方式输入，系统自动记忆。

G54 ~ G59 和 G92 均为模态功能，可相互注销。

（4）坐标平面选择 G17、G18、G19　该指令选择一个平面，在此平面中进行圆弧插补和刀具半径补偿。

G17 选择 *XY* 平面，G18 选择 *ZX* 平面，G19 选择 *YZ* 平面。移动指令与平面选择无关。

2. 有关单位的设定

（1）尺寸单位选择 G20、G21、G22　见表 3-6，这 3 个指令必须在程序的开头坐标系设定之前用单独的程序段表示。G20、G21、G22 不能在程序的中途切换。

表 3-6　尺寸输入制式及其单位

	线 性 轴	旋 转 轴
英制 G20	英寸	度
公制 G21	毫米	度
脉冲当量 G22	移动轴脉冲当量	旋转轴脉冲当量

（2）进给速度单位的设定 G94、G95

格式：G94 F _

　　　　G95 F _

G94 为 mm/min，G95 为 mm/r。G95 功能必须在主轴装有编码器时才能使用。

3. 进给控制指令

（1）快速定位指定 G00

格式：G00 X _ Y _ Z _

G00 指令中的快进速度由机床参数对各轴分别设定，不能用程序规定。

（2）线性进给指令 G01

格式：G01 X _ Y _ Z _ F _

G01 指令刀具从当前位置以联动的方式，按程序段中的 F 指令规定的合成进给速度，线性路线移动到程序段所指令的终点。

（3）圆弧进给指令 G02、G03　G02 为顺时针圆弧插补，G03 为逆时针圆弧插补。

XY 平面的圆弧：G17 G02（G03）X _ Y _ I _ J _（R _）F _

ZX 平面的圆弧：G18 G02（G03）X _ Z _ I _ K _（R _）F _

YZ 平面的圆弧：G19 G02（G03）Y _ Z _ J _ K _（R _）F _

其中，*X*、*Y*、*Z* 为圆弧终点，在 G90 时为圆弧终点在工件坐标系中的坐标，在 G91 时为圆弧终点相对于圆弧起点的位移量。

I、*J*、*K* 不论在 G90 还是在 G91 时都是以增量方式指定，是圆心相对于起点的位移值。*R* 为圆弧半径，当圆弧圆心角小于 180° 时，*R* 为正值，大于 180° 时，*R* 为负值，整圆编程时不可以使用 *R*，只能用 *I*、*J*、*K*，*F* 为编程的两个轴的合成进给速度，如图 3-28 所示。

4. 刀具补偿功能指令

（1）刀具半径补偿 G40、G41、G42

格式：$\begin{Bmatrix} G17 \\ G18 \\ G19 \end{Bmatrix} \begin{Bmatrix} G41 \\ G42 \end{Bmatrix} \begin{Bmatrix} G00 \\ G01 \end{Bmatrix} \alpha \_ \beta \_ D \_$

　　……

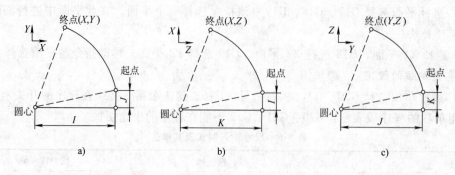

图 3-28 *I*、*J*、*K* 的选择

G40

其中刀补号地址 D 后跟的数值是刀具号，它用来调用内存中刀具半径补偿的数值。如 D01 就是调用在刀具表中第 1 号刀具的半径值。这一半径值是预先输入在内存刀具表中的 01 号位置上的。刀补号地址数为 D00 ~ D99。

在进行刀具半径补偿前，必须用 G17、G18 或 G19 指定补偿是在哪个平面上进行。α，β 必须与指定平面中的轴相对应。在多轴联动控制中，投影到补偿平面上的刀具轨迹受到补偿，平面选择的切换必须在补偿取消方式进行，若在补偿方式进行，则报警。

G40 是取消刀具半径补偿功能。

G41 在相对于刀具前进方向左侧进行补偿，称为左刀补，如图 3-14 所示。

G42 是在相对于刀具前进方向右侧进行补偿，称为右刀补，如图 3-14 所示。

G40、G41、G42 都是模态代码，可相互注销。

（2）刀具长度补偿 G43、G44、G49

格式：$\begin{Bmatrix} G43 \\ G44 \end{Bmatrix} \alpha \_ H \_$

   G49 α _

其中，α（$\alpha \in X$，Y，Z）为补偿轴的终点坐标，H 为长度补偿偏置号。

此组命令把编程时假定的理想刀具长度与实际使用的刀具长度之差作为偏置设定在偏置存储器中。

用 G43 正向偏置，G44 负向偏置。由 H 代码指定的已存入偏置存储器中的偏置值在 G43 时加，在 G44 时减。偏置号可用 H00 ~ H99 来指定。要取消刀具长度补偿时用指令 G49 或 H00。G43、G44、G49 都是模态代码，可相互注销。

5. 简化编程指令

（1）镜像功能 G24、G25

格式：G24 X _ Y _ Z _

   M98 P _

   G25 X _ Y _ Z _

当某一轴的镜像有效时，该轴执行与编程方向相反的运动。

G24 建立镜像，由指令坐标轴后的坐标值指定镜像位置，G25 指令用于取消镜像。

（2）缩放功能 G50，G51

格式：G51 X _ Y _ Z _ P _

   M98 P _

   G50

其中，G51 中的 X、Y、Z 给出缩放中心的坐标值，P 后为缩放倍数。

用 G51 指定缩放开，G50 指定缩放关。在 G51 后，运动指令的坐标值以（X，Y，Z）为缩放中心，按 P 规定的缩放比例进行计算。使用 G51 指令可用一个程序加工出形状相同，尺寸不同的工件。

缩放不能用于补偿量，并且对 A、B、C、U、V、W 轴无效。

（3）旋转变换 G68，G69

格式：G68 α _ β _ P _

   M98 P _

   G69

其中，α、β 是由 G17，G18 或 G19 定义的旋转中心，P 为旋转角度（0°≤P≤360°）。G68 为坐标旋转功能，G69 为取消坐标旋转功能。

在有刀具补偿的情况下，先进行坐标旋转，然后才进行刀具半径补偿、刀具长度补偿。

在有缩放功能的情况下，先缩放后旋转。

6. 固定循环

数控加工中，某些加工动作循环已经典型化，例如，钻孔、镗孔的动作。

平面定位、快速引进、工作进给、快速退回等，如图 3-29 所示，这样一系列典型的加工动作已经预先编好程序，存储在内存中，可用包含 G 代码的一个程序段调用，从而简化编程工作。这种包含了典型动作循环的 G 代码称为循环指令。

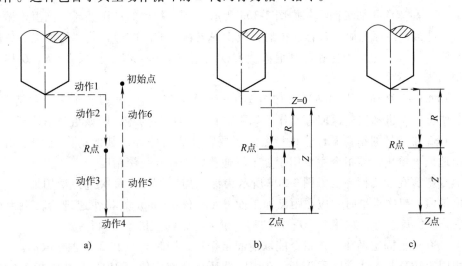

实线——切削进给 虚线——快速进给

图 3-29 固定循环动作及数据表达形式

a）固定循环动作 b）绝对坐标数据的表达形式 c）相对坐标数据的表达形式

固定循环的程序格式包括数据形式、返回点平面、孔加工方式、孔位置数据、孔加工数据和循环次数。数据形式（G90 或 G91）在程序开始时就已指定，因此，在固定循环程序格式中可不注出。固定循环的程序格式如下：

$\begin{Bmatrix} G98 \\ G99 \end{Bmatrix} G\_X\_Y\_Z\_R\_Q\_P\_I\_J\_K\_F\_L\_$

式中第一个 G 代码（G98 或 G99）为返回点平面 G 代码，G98 为返回初始平面，G99 为返回 R 点平面。

第二个 G 代码为孔加工方式，即固定循环代码 G73，G74，G76 和 G81 ~ G89 中的任一个。

X、Y 为孔位数据，指被加工孔的位置。

Z 为 R 点到孔底的距离（G91 时）或孔底坐标（G90 时）。

R 为初始点到 R 点的距离（G91 时）或 R 点的坐标值（G90 时）。

Q 指定每次进给深度（G73 或 G83 时），是增量值，$Q < 0$。

K 指定每次退刀（G73 或 G83 时）刀具位移增量，$K > 0$。

I、J 指定刀尖向反方向的移动量（分别在 X、Y 轴向上）。

P 指定刀具在孔底的暂停时间。

F 为切削进给速度。

L 指定固定循环的次数。

孔加工固定循环指令有 G73、G74、G76，G80 ~ G89。

固定循环的数据表达形式可以用绝对坐标（G90）和相对坐标（G91）表示，其中图 3-29b 是采用 G90 的表示，图 3-29c 是采用 G91 的表示。

G73、G74、G76 和 G81 ~ G89、Z、R、P、F、Q、I、J、K 不是模态指令。G80、G01 ~ G03 等代码可以取消固定循环。

在固定循环中，定位速度由前面的指令速度决定。

（1）G73 高速深孔加工循环　如图 3-30a 所示为 G73 指令的动作循环，该固定循环用于 Z 轴的间歇进给，使深孔加工时容易排屑，减少退刀量，可以进行高效率的加工。Q 值为每次的进给深度（q）；退刀用快速，其值 K 为每次的退刀量。$Q > K$。如果 Z、K、Q 移动量为零时，则该指令不执行。

（2）G81 钻孔循环（中心钻）　如图 3-30b 所示为 G81 指令的动作循环，包括 X、Y 坐标定位、快进、工进和快速返回等动作。如果 Z 的移动位置为零，则该指令不执行。

（3）G82 带停顿的钻孔循环　该指令除了要在孔底暂停外，其他动作与 G81 相同。暂停时间由地址 P 给出。该指令主要用于加工不通孔，以提高孔深精度。

（4）G83 深孔加工循环　如图 3-30c 所示为深孔加工循环，每次进刀量用地址 Q 给出，其值为增量值。每次进给时，应在距已加工面 d（单位：mm）处将快速进给转换为切削进给。d 是由参数确定的。如果 Z、Q、K 的移动量为零，则该指令不执行。

（5）G80 取消固定循环　该指令能取消固定循环，同时 R 点和 Z 点也被取消。

使用固定循环时应注意以下几点：在固定循环指令前应使用 M03 或 M04 指令使主轴回转；在固定循环程序段中，X、Y、Z、R 数据应至少给定一个才能进行孔加工。

7. 其他功能指令

暂停指令 G04

格式：G04 P_

G04 为暂停指令，暂停时间由 P 后面的数值指定，单位为 s。G04 可使刀具作短暂停留，

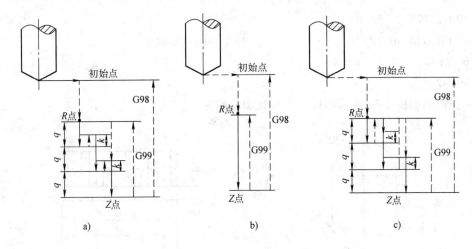

图 3-30　指令动作图

a) G73 指令动作图　b) G81 指令动作图　c) G83 指令动作图

以获得圆整而光滑的表面。如对不通孔作深度控制时，在刀具进给到规定深度后，用暂停指令使刀具作非进给光整切削，然后退刀，保证孔底平整。

第三节　铣削加工编程综合实例

一、SIEMENS 数控铣床编程实例

例 1：铣削如图 3-31 所示零件外轮廓，要求有刀具半径补偿功能，切削深度 10mm。该零件已粗加工过，编写精加工程序。各节点坐标为 P_1（67.831，64.518），P_2（72.169，64.518）。

T1 周铣刀 φ10

N10 T1

N20 G90 G0 G54 X0 Y0 S1000 M3

N30 Z50

N40 G1 Z − 10 F100　　　　　　　　;下刀

N50 G41 X25.0 Y55.0 D1　　　　　　;刀具半径左补偿

N60 G1 Y90.0 F150

N70 X40.0 Y90.0

N80 G3 X45.0 Y95.0 CR = 5.0

N85 G1 Y130.0

N90 G2 X95.0 CR = − 25.0

N95 G1 Y95.0

N100 G3 X95.0 Y90.0 CR = 5.0

N110 G1 X110.0

N120 Y55.0

N130 X72.169 Y64.518

N135 G3 X67.831 Y64.518 CR = 10

N140 G1 X25.0 Y55.0

N150 G0 G40 X0 Y0　　　　　　　　;刀具半径补偿取消

N160 Z100

N170 M2

例2：钻削如图3-32所示零件，编写其加工程序。

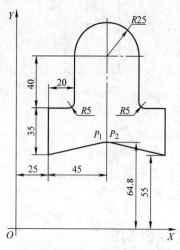

图3-31　铣削加工

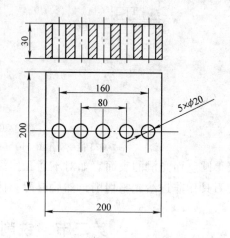

图3-32　钻削加工

N10 G17 G55 G90 G0 X0 Y0　　　　;工件基本参数设定

N20 T1 D1　　　　　　　　　　　　;T1 号刀具

N30 S500 M3

N40 Z50

N50 R101 = 50 R102 = 2　　　　　　;设定线性孔排列参数

R103 = 0 R104 = 36

R105 = 0.5 R107 = 200

R108 = 100 R109 = 0.5

R110 = −3 R111 = 2

R115 = 83 R116 = 0

R117 = 0 R118 = −80

R119 = 5 R120 = 0

R121 = 40

N60 LCYC60　　　　　　　　　　　;调用线性孔排列参数

N70 G0 Z100

N80 M5

N90 M9 M2

例3：键槽铣削如图3-33所示，使用此程序加工XY平面上一个圆上的4个槽，相互间成90°，起始角为45°。在调用程序中，坐标系已经作了旋转和移动。键槽的尺寸如下：长度为35mm，宽度为15mm，深度为20mm，安全间隙1mm，铣削方向G2，深度进给最大

6mm。键槽用粗加工（精加工余量为零），铣刀带断面齿。

HG123

N10 G17 G90 T1 D1 S400 M3 G54   ；规定工艺参数

N20 G0 X0 Y0 Z50

N30 R101＝5 R102＝1 R103＝0 R104＝－20 R116＝60 R117＝60

N40 R118＝35 R119＝15 R120＝7.5 R121＝6 R122＝100

N50 R123＝300 R124＝0 R125＝0 R126＝2 R127＝1 ；设定铣削循环参数

N60 G158 X60 Y60   ；建立坐标系

N70 G259 RPL45   ；旋转坐标系45°

N80 LCYC75   ；调用循环，铣削第一个槽

N90 G259 RPL90   ；旋转坐标系90°

N100 LCYC75   ；调用循环，铣削第二个槽

N110 G259 RPL180   ；旋转坐标系180°

N120 LCYC75   ；铣削第三个槽

N130 G259 RPL270   ；旋转坐标系270°

N140 LCYC75   ；铣削第四个槽

N150 G0 Z50

N160 X200 Y200

N170 M2   ；程序结束

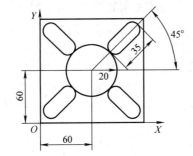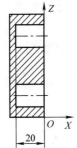

图 3-33 键槽铣削

二、华中数控铣床编程实例

例 1：铣削如图 3-34 所示零件，有刀具半径补偿功能，切削深度 3mm。

 %3001

 N10 G92 X－10 Y－10 Z50

 N20 M03 S600

 N30 G41 G00 X10 Y10 D01

 N40 Z5

 N50 G01 Z－3 F100

 N60 Y40

 N70 X20

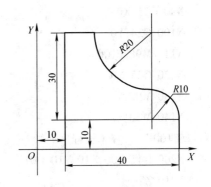

图 3-34 轮廓铣削加工

N80 G03 X40 Y20 R20

N90 G02 X50 Y10 R10

N100 G01 X 10

N110 G00 Z50

N120 G40 X – 10 Y – 10

N130 M05

N140 M30

例 2：铣削如图 3-35 所示零件，要求采用镜像功能编程，有刀具半径补偿功能，各部分切削深度 3mm，该零件已粗加工过，编写精加工程序。

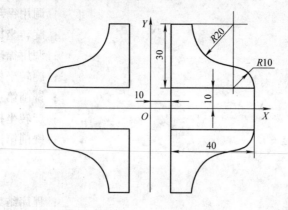

图 3-35　镜像铣削加工

%3002　　（主程序）

N10 G92 X – 10 Y – 10 Z50

N20 M03 S600

N30 M98 P100

N40 G24 X0

N50 M98 P100

N60 G25 X0

N70 G24 X0 Y0

N80 M98 P100

N90 G25 X0 Y0

N100 G24 Y0

N110 M98 P100

N120 G25 Y0

N130 M05

N140 M30

%100　　（子程序）

N200 G41 G00 X10 Y10 D01

N210 Z5

N220 G01 Z – 3 F100

N230 Y40

N240 X20

N250 G03 X40 Y20 R20

N260 G02 X50 Y10 R10

N270 G01 X 10

N280 G00 Z50

N290 G40 X－10 Y－10

N300 M99

例3：铣削如图3-36所示零件，要求采用旋转功能编程，有刀具半径补偿功能，各部分切削深度4mm，该零件已粗加工过，编写精加工程序。各节点坐标为 A（40，0）、B（60，0）、C（41.86，－42.298）、D（28.284，－28.284）。

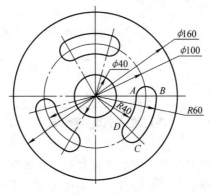

图3-36 旋转铣削加工

％3003 （主程序）

N10 G54

N20 G90 G00 X0 Y0 Z50 M03 S1000

N30 G41 X80 Y0 D01

N40 Z10

N50 G01 Z－4 F100

N60 G02 X80 Y0 I－80 J0

N70 G01 Z10

N80 G40 X0 Y0

N90 M98 P100

N100 G68 X0 Y0 P120

N110 M98 P100

N120 G69

N130 G68 X0 Y0 P240

N140 M98 P100

N150 G69

N160 G00 G41 X0 Y20 D01

N170 G01 Z－4

N180 G03 X0 Y20 I0 J – 20

N190 G00 Z50

N200G40 X0 Y0

N210 M05

N220 M02

%100　　　（子程序）

N300 G00 G42 X40 Y0 D01

N310 G01 Z – 4

N320 G02 X60 Y0 R10

N330 G02 X41.86 Y – 42.298 R60

N340 G02 X28.284 Y – 28.284 R10

N350 G02 X40 Y0 R40

N360 G00 Z10

N370 G40 X0 Y0

N380 M99

习题与思考题

3-1　刀具半径补偿指令有哪几种，其含义是什么？使用时应注意哪些问题？

3-2　什么是绝对坐标指令、增量坐标指令？编程时如何表示？

3-3　固定循环编程有何意义？SIEMENS 802 钻孔循环的基本格式是什么？铣槽加工循环的基本格式是什么？

3-4　数控铣削编程与数控车削编程的特点有何不同？

3-5　什么是刀具半径补偿？为什么要进行刀具半径补偿？说明刀具半径补偿的使用及指令。

3-6　钻削加工如图3-37所示的孔，在孔底停留时间3s，钻孔坐标轴方向安全距离为10mm，

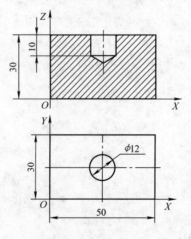

图 3-37　题 3-6 图

循环结束后刀具处于 (60, 60, 100)。使用 SIEMENS 802 LCYC82 循环，编写钻孔程序。

3-7　编制如图 3-38 所示零件的铣削精加工程序。

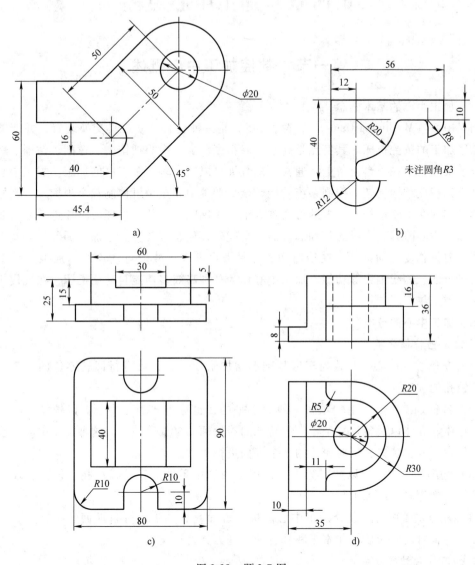

图 3-38　题 3-7 图

第四章　加工中心编程

第一节　数控加工中心概述

一、加工中心的基本概念

加工中心（Machining Center），简称 MC，是一种具有自动刀具交换装置，并能够进行多种工序加工的数控机床。其特点是高效、高精度。加工中心把铣削、镗削、钻削、螺纹加工等多项功能集中在一台设备上，通常一次装夹可以完成多面多工序的加工。加工中心与其他数控机床相比结构复杂，控制系统功能较全。加工中心至少可控制三个坐标轴，其控制功能最少可实现两轴联动控制，多的可实现五轴、六轴联动，从而保证刀具能进行复杂表面的加工。加工中心除具有直线插补和圆弧插补功能外，还具有各种固定加工循环、刀具半径自动补偿、刀具长度自动补偿、在线监测、刀具寿命管理、故障自动诊断、加工过程图形显示、人机对话、离线编程等功能。加工中心作为一种高效多功能自动化机床，在现代化生产中的使用越来越广泛。

二、加工中心的分类

1. 按工艺特征分类

（1）车削加工中心　在数控车床基础上增加附设主轴，可进行回转零件的车削、铣削以及钻镗孔的加工。

（2）镗铣加工中心　主轴轴线一般为水平的，也称卧式加工中心。以镗铣为主，适用于加工箱体、壳体以及各种复杂零件的特殊曲线轮廓的多工序加工。这种加工中心一般具有回转工作台，一次装夹，可对箱体的四个表面进行加工。

（3）钻削加工中心　以钻削为主。适用于中、小零件的钻孔、扩孔、铰孔、攻螺纹及连续轮廓铣削等多工序加工。

（4）复合加工中心　复合加工中心能进行五面复合加工，可自动回转主轴头，进行立卧加工。主轴自动回转后，在水平和垂直面实现刀具自动交换。

2. 按工作台种类分类

按工作台种类可把加工中心分成单工作台、双工作台和多工作台。常见的加工中心是单工作台和双工作台两种形式。

3. 按主轴种类分类

按主轴种类可分为单轴、双轴、三轴及可换主轴的加工中心。

4. 按自动换刀装置分类

（1）转塔头加工中心　转塔头加工中心有立式和卧式两种。主轴数一般为 6～12 个，换刀时间短，数量少，主轴转塔头刚性和承载能力较弱，定位精度要求较高。

（2）带刀库的加工中心　这种加工中心根据换刀方式分为无机械手式主轴换刀和机械手式主轴换刀两种。无机械手式主轴换刀方式的特点是利用工作台与刀库相对转动，由主轴上下运动进行选刀和换刀。用机械手式主轴换刀的加工中心结构种类较多，其特点是换刀时间短，不占用机械加工时间。

三、加工中心的组成

加工中心主要由以下几部分组成：基础部件，包括床身、工作台、立柱等；自动换刀装置（ATC）；数控系统，包括操作面板、主轴伺服系统、进给伺服系统等；辅助部件，包括冷却系统和气动装置等。

第二节　加工中心简化编程指令

以西门子数控系统为例介绍加工中心编程。

一、SIEMENS 810D 数控系统加工中心简化编程指令

SIEMENS 810D 数控系统的编程与相应的数控铣床基本相同。编程时注意自动换刀编程、简化程序指令及循环指令的适当应用。

加工中心配备的 SIEMENS 810D 数控系统，其功能指令比较齐全，第三章 SIEMENS802c 数控铣床的基本功能指令都适用于加工中心，M 辅助代码中多了一个换刀指令 M06，相同指令不再重复介绍。本节主要介绍简化编程指令。表 4-1 为 SIEMENS810D 数控系统加工中心简化编程指令。

表 4-1　SIEMENS 810D 数控系统加工中心简化编程指令

指　　令	意　　义	格　　式
TRANS	零点偏移，绝对值	TRANS X _ Y _ Z _
ATRANS	有附加的零点偏移	ATRANS X _ Y _ Z _
ROT	绝对旋转	ROT X _ Y _ Z _ ROT RPL = _
AROT	附加旋转	AROT X _ Y _ Z _ AROT RPL = _
SCALE	绝对放大/缩小	SCALE X _ Y _ ZV
ASCALE	附加放大/缩小	ASCALE X _ Y _ Z _
MIRROR	绝对镜像	MIRROR X0 Y0 Z0
AMIRROR	附加镜像	AMIRROR X0 Y0 Z0

二、SIEMENS 810D 数控系统简化编程指令

1. 零点偏移 TRANS、ATRANS

编程格式：

TRANS X _ Y _ Z _（单独程序段）

TRANS：零点偏移，绝对值，以当前有效的、用 G54 到 G59 设定的工件零点为基准。*ATRANS* 与 *TRANS* 相同，但是有附加的零点偏移。

X、Y、Z：给定的几何轴方向的偏移坐标值。

使用 TRANS/ATRANS，可以对所有的坐标轴和定位轴在所给定方向编程零点偏移。由此可以使用可更换的零点进行加工。平面及空间零点偏移如图 4-1 所示。

编程举例：

对图 4-2 中轮廓利用零点偏移进行编程。

JX402

N10 G17 G54	
N20 G0 X0 Y0 Z2	
N30 TRANS X20 Y20	；绝对偏移
N40 L20	；调用子程序
N50 TRANS X70 Y20	；绝对偏移
N60 L20	；调用子程序
N70 M30	；程序结束

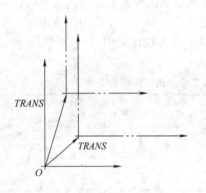

图 4-1 零点偏移示意图

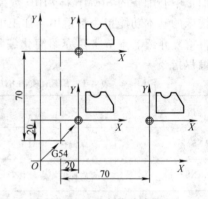

图 4-2 零点偏移编程

2. 旋转 ROT，AROT

编程格式：

ROT X _ Y _ Z _

ROT RPL = ...

AROT X _ Y _ Z _

AROT RPL = ...

所有指令必须在独立的程序段中编程。

ROT：绝对旋转，以当前用 G54 到 G59 设定的工件零点为基准。

AROT：附加旋转，以当前设定的或者编程的零点为基准。

X、Y、Z：旋转轴。

RPL：平面中旋转的角度（平面用 G17 ~ G19 设定）。

使用 ROT/AROT，工件坐标系可以围绕几何轴 X、Y、Z 中的一个进行旋转，或者在所选择的工作平面 G17 到 G19 平面中（或者垂直方向的进刀轴）围绕角度 *RPL* 进行旋转。这样，就可以在一个同样的装夹位置时对斜置平面进行加工，或者对几个工件面进行加工。确定正向转角：观察坐标轴的正向，顺时针旋转。平面与空间旋转如图 4-3、4-4 所示。

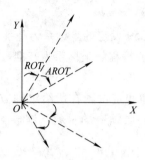

图 4-3 平面旋转示意图

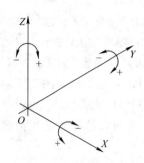

图 4-4 空间旋转示意图

编程举例：

利用平面旋转对图 4-5 轮廓进行编程。

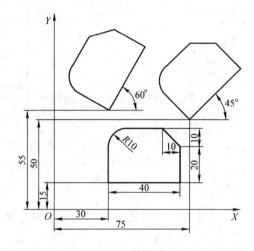

图 4-5 旋转编程

JX405

N10 G17 G54	；建立工作平面 X/Y，工件零点设置
N20 TRANS X30 Y15	；绝对偏移
N30 L20	；调用子程序
N40 TRANS X75 Y50	；绝对偏移
N50 AROT RPL = 45	；坐标系旋转 45°
N60 L20	；调用子程序
N70 TRANS X30 Y55	；绝对偏移
N80 AROT RPL = 60	；附加旋转 60°
N90 L20	；调用子程序
N100 G0 X100 Y100	；快速移动
N110 M30	；程序结束

3. 缩放 SCALE, ASCALE

编程格式：

SCALE X _ Y _ Z _（在独立程序段中编程）

ASCALE X _ Y _ Z _（在独立程序段中编程）

SCALE：绝对放大/缩小，以当前有效的、用 G54 至 G59 设定的坐标系为基准。

ASCALE：附加放大/缩小，以当前有效的、设定的或者编程的坐标系为基准。

X、*Y*、*Z*：在所给定的几何轴方向的比例系数。

使用 SCALE/ASCALE，可以对所有的坐标轴、同步轴和定位轴在所给定轴方向设定比例系数。由此可以编程加工几何形状相似的轮廓或者不同收缩率的材料。缩放如图 4-6 所示。

编程举例：

利用缩放编程图 4-7 轮廓。

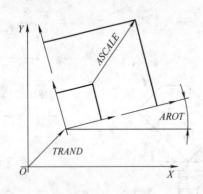

图 4-6　缩放示意图

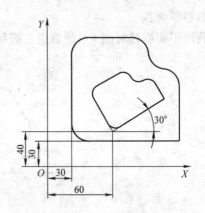

图 4-7　缩放编程

JX407

N10 G17 G54	; 建立工作平面 *X/Y*，工件零点设置
N20 TRANS X30 Y30	; 绝对偏移
N30 L20	; 加工大的轮廓
N40 TRANS X60 Y40	; 绝对偏移
N50 AROT RPL = 30	; 平面中旋转 30°
N60 ASCALE X0.6 Y0.6	; 比例系数，用于较小的轮廓
N70 L20	; 加工小的轮廓
N80 G0 X300 Y100 M30	; 快速移动，程序结束

4. 镜像 MIRROR，AMIRROR

编程格式：

MIRROR X0 Y0 Z0（在独立的 NC 程序段中编程）

AMIRROR X0 Y0 Z0（在独立的 NC 程序段中编程）

MIRROR：绝对镜像，以当前有效的、用 G54 至 G599 设定的坐标系为基准。

AMIRROR：附加镜像，以当前有效的、设定的或者编程的坐标系为基准。

X、*Y*、*Z*：坐标轴。

使用 MIRROR/AMIRROR 可以镜像坐标系中的工件形状。在调用子程序编程的镜像后，所有的运行均执行镜像功能。

附加指令 AMIRROR X _ Y _ Z _：要求以当前的转换为基础建立的一个镜像时，用

AMIRROR 编程。当前设定的或者最后编程的坐标系作为基准。镜像如图 4-8 所示。

取消镜像格式：

MIRROR

编程举例：

利用镜像功能加工图 4-9 所示零件轮廓，工件零点位于轮廓中心。

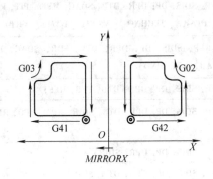

图 4-8 镜像示意图

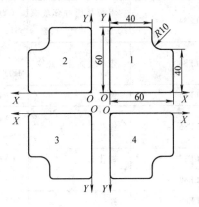

图 4-9 镜像编程

JX409

N10 G17 G54   ; 工作平面 *X/Y*，工件零点

N20 T1

N30 M6

N40 L20   ; 右上方的第一个轮廓被加工

N50 MIRROR X0   ; *Y* 轴镜像

N60 L20   ; 加工轮廓 2

N70 AMIRROR Y0   ; *X* 轴镜像

N80 L20   ; 加工轮廓 3

N90 MIRROR Y0   ; *X* 轴镜像

N100 L20   ; 加工轮廓 4

N110 MIRROR   ; 取消镜像

N120 G0 X200 Y200 M30   ; 程序结束

第三节 SIEMENS 810D 数控系统循环编程指令

SIEMENS 810D 数控系统循环编程指令包括钻削循环指令、镗削循环指令、孔组合循环指令、铣削循环指令等。各循环指令分别见表 4-2、表 4-3 和表 4-4。

表 4-2 SIEMENS 810D 数控系统加工中心钻镗循环

指　令	意　义	格　式
MCALL	呼叫循环	
CYCLE81	钻削，定中心	CYCLE81（RTP, RFP, SDIS, DP, DPR）

（续）

指　　令	意　　义	格　　式
CYCLE82	钻孔，锪平面	CYCLE82（RTP, RFP, SDIS, DP, DPR, DTB）
CYCLE83	深孔钻削	CYCLE83（RTP, RFP, SDIS, DP, DPR, FDEP, FDPR, DAM, DTB, DTS, FRF, VARI, _AXN, _MDEP, _VRT, _DTD, _DIS1）
CYCLE84	不带补偿衬套攻螺纹	CYCLE84（RTP, RFP, SDIS, DP, DPR, DTB, SDAC, MPIT, PIT, POSS, SST, SST1, _AXN, _PTAB, _TECHNO, _VARI, _DAM, _VRT）
CYCLE840	带补偿夹具攻螺纹	CYCLE840（RTP, RFP, SDIS, DP, DPR, DTB, SDR, SDAC, ENC, MPIT, PIT-AXN, _PTAB, _TECHNO）
CYCLE85	镗孔 1	CYCLE85（RTP, RFP, SDIS, DP, DPR, DTB, FFR, RFF）
CYCLE86	镗孔 2	CYCLE86（RTP, RFP, SDIS, DP, DPR, DTB, SDIR, RPA, RPO, RPAP, POSS）
CYCLE87	镗孔 3	CYCLE87（RTP, RFP, SDIS, DP, DPR, SDIR）
CYCLE88	镗孔 4	CYCLE88（RTP, RFP, SDIS, DP, DPR, DTB, SDIR）
CYCLE89	镗孔 5	CYCLE89（RTP, RFP, SDIS, DP, DPR, DTB）

表 4-3　SIEMENS810D 数控系统加工中心孔组合循环

指　　令	意　　义	格　　式
HOLES1	排孔加工	HOLES1（SPCA, SPCO, STA1, FDIS, DBH, NUM）
HOLES2	圆弧排列孔加工	HOLES2（CPA, CPO, RAD, STA1, INDA, NUM）
CYCLE801	点阵排列孔加工	CYCLE801（_SPCA, _SPCO, _STA, _DIS1, _DIS2, _NUM1, _NUM2）

表 4-4　SIEMENS810D 数控系统加工中心铣削循环

指　　令	意　　义	格　　式
LONGHOLE	圆弧排列长方形孔铣削	LONGHOLE（RTP, RFP, SDIS, DP, DPR, NUM, LENG, CPA, CPO, RAD, STA1, INDA, FFD, FFP1, MID）
SLOT1	圆弧排列键槽铣削	SLOT1（RTP, RFP, SDIS, DP, DPR, NUM, LENG, WID, CPA, CPO, RAD, STA1, INDA, FFD, FFP1, MID, CDIR, FAL, VARI, MIDF, FFP2, SSF, _FALD, _STA2）
SLOT2	圆弧键槽铣削	SLOT2（RTP, RFP, SDIS, DP, DPR, NUM, AFSL, WID, CPA, CPO, RAD, STA1, INDA, FFD, FFP1, MID, CDIR, FAL, VARI, MIDF, FFP2, SSF, _FFCP）
POCKET1	矩形槽铣削 1	POCKET1（RTP, RFP, SDIS, DP, DPR, LENG, WID, CRAD, CPA, CPD, STA1, FFD, FFP1, MID, CDIR, FAL, VARI, MIDF, FFP2, SSF）
POCKET2	弧形槽铣削	POCKET2（RTP, RFP, SDIS, DP, DPR, PRAD, CPA, CPO, FFD, FFP1, MID, CDIR, FAL, VARI, MIDF, FFP2, SSF）
POCKET3	矩形槽铣削 2	POCKET3（_RTP, _RFP, _SDIS, _DP, _LENG, _WID, _CRAD, _PA, _PO, _STA, _MID, _FAL, _FALD, _FFP1, _FFD, _CDIR, _VARI, _MIDA, _AP1, _AP2, _AD, _RAD1, _DP1）

（续）

指 令	意 义	格 式
POCKET4	弧形槽铣削 2	POCKET4（_RTP，_RFP，_SDIS，_DP，_PRAD，_PA，_PO，_MID，_FAL，_FALD，_FFP1，_FFD，_CDIR，_VARI，_MIDA，_AP1，_AD，_RAD1，_DP1）
CYCLE71	铣平面	CYCLE71（_RTP，_RFP，_SDIS，_DP，_PA，_PO，_LENG，_WID，_STA，_MID，_MIDA，_FDP，_FALD，_FFP1，_VARI，_FDP1）
CYCLE72	轮廓铣削	CYCLE72（_KNAME，_RTP，_RFP，_SDIS，_DP，_MID，_FAL，_FALD，_FFP1，_FFD，_VARI，_RL，_AS1，_LP1，_FF3，_AS2，_LP2）
CYCLE76	矩形轴颈铣削	CYCLE76（_RTP，_RFP，_SDIS，_DP，_DPR，_LENG，_WID，_CRAD，_PA，_PO，_STA，_MID，_FAL，_FALD，_FFP1，_FFD，_CDIR，_VARI，_AP1，_AP2）
CYCLE77	圆弧轴颈铣削	CYCLE77（_RTP，_RFP，_SDIS，_DP，_DPR，_PRAD，_PA，_PO，_MID，_FAL，_FALD，_FFP1，_FFD，_CDIR，_VARI，_AP1）

一、钻削循环

1. 钻孔 CYCLE81

编程格式：

CYCLE81（RTP，RFP，SDIS，DP，DPR）

钻孔如图 4-10 所示。

RTP：退回平面（绝对坐标）。

RFP：基准面（绝对坐标）。

SDIS：进刀深度（无符号）。

DP：孔底深度（绝对坐标）。

DPR：相对于基准面底孔底深度（无符号）。

钻孔循环参数如图 4-11 所示。

刀具以编程的主轴转速和进给速度钻削至给定的钻削深度。

编程举例：

钻孔零件尺寸如图 4-12 所示。

JX412

N10 F300 S600 M3 G54 ；确定工艺数值

N20 D1 T1 G0 Z20 ；返回退回平面

N21 M6

N30 G0 G90 X30 Y90 ；返回第一个钻
　　　　　　　　　　削位置

N40 MCALL CYCLE81 （10，0，10，-50，50）
　　　　　　　　　　；循环调用

N45 MCALL ；取消循环

N50 G0 Y20 ；返回到下一个
　　　　　　　　　　钻削位置

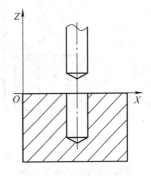

图 4-10 钻孔示意图

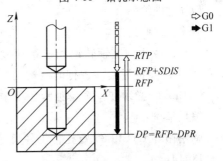

图 4-11 钻孔循环参数说明

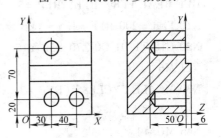

图 4-12 钻孔循环编程

N60 MCALL CYCLE81（10，0，10，－50，50）　　　　 ；循环调用

N70 G0 G90 F180 S300 M03　　　　　　　　　　　　；确定工艺数值

N75 MCALL　　　　　　　　　　　　　　　　　　　；取消循环

N80 G0 X70　　　　　　　　　　　　　　　　　　　；返回到下一个位置

N90 MCALL CYCLE81（10，0，10，－50，50）　　　　 ；循环调用

N95 MCALL　　　　　　　　　　　　　　　　　　　；取消循环

N100 M30　　　　　　　　　　　　　　　　　　　　；程序结束

2. 镗孔 CYCLE85

编程格式：

CYCLE85（RTP，RFP，SDIS，DP，DPR，DTB，FFR，RFF）

参数 *RTP*、*RFP*、*SDIS*、*DP*、*DPR* 参见 CYCLE81。

镗孔循环参数说明如图 4-13 所示。

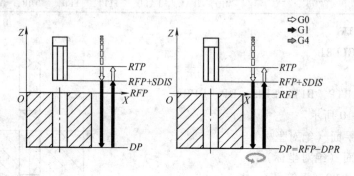

图 4-13　镗孔循环参数说明

DTB：在钻孔底部的停留时间（断屑）。

FFR：进给率。

RFF：退回进给。

刀具以编程的主轴转速和进给速度钻削，直至输入的钻削深度。分别以相应参数 *FFR* 和 *RFF* 中规定的进给率进行向内运动和向外运动。该循环可以用于铰孔（研磨）。

CYCLE85 必须在一个单独程序段中编程。

编程举例：

调用循环 CYCLE85 镗孔，工件尺寸如图 4-14 所示。

JX414

DEF REAL FFR，RFF，RFP = 5，DPR = 25，SDIS = 2　　；参数定义，赋值

N10 FFR = 200 RFF = 1.5 * FFR S600 M4　　　　　　　；确定工艺数值

N20 G18 T1 D1 G0 Z70 X50 Y15　　　　　　　　　　；返回钻削位置

N21 M6

N30 MCALL CYCLE85（RFP + 3，RFP，SDIS，，DPR，，FFR，RFF）

　　　　　　　　　　　　　　　　　　　　　　　；循环调用

N45 MCALL　　　　　　　　　　　　　　　　　　　；取消循环

N40 M30　　　　　　　　　　　　　　　　　　　　；程序结束

二、排孔加工

1. 排孔循环 HOLES1

编程格式：

HOLES1 （SPCA，SPCO，STA1，FDIS，DBH，NUM）

排孔如图 4-15 所示。

排孔循环参数说明如图 4-16 所示。

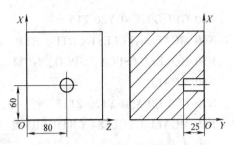

图 4-14 镗孔循环编程

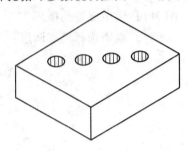

图 4-15 排孔示意图

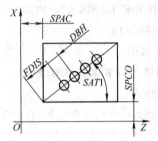

图 4-16 排孔循环参数说明

SPCA：直线上参考点横坐标（绝对值）。

SPCO：参考点纵坐标（绝对值）。

*STA*1：与横坐标的夹角。值范围：$-180°$ $< STA1 \leqslant 180°$。

FDIS：第一个钻孔与参考点的距离（不输入符号）。

DBH：两个钻孔之间的距离（无符号）。

NUM：变量，钻孔个数。

使用该循环可以完成一系列的钻孔，它们位于一条直线上，或者成为一个钻孔栅格。孔的类型由事先模态选择的钻削循环确定。HOLES1 必须在一个单独程序段中编程。

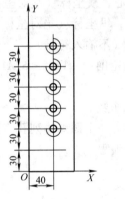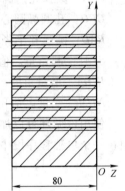

图 4-17 排孔循环编程

编程举例：

加工如图 4-17 所示零件排孔，尺寸如图所示，孔深为 80mm。

```
JX417
DEF REAL RFP = 0，DP = 80，RTP = 15
DEF REAL SDIS，FDIS
DEF REAL
SPCA = 40，SPCO = 30，STA1 = 0，DBH = 30
DEF INT NUM = 5                    ;参数定义，赋值
N10 SDIS = 3 FDIS = 30             ;安全距离的值和第一个孔到参考点之间的距
                                    离值
N20 G90 F30 S500 M3 D1 T1          ;确定工艺数值
```

N30 G17 G0 X30 Y20 Z15	；返回运行到起始位置
N40 MCALL CYCLE81（RTP，RFP，SDIS，DP）	；模态调用钻削循环
N50 HOLES1（SPCA，SPCO，STA1，FDIS，DBH，NUM）；调用排孔循环
N60 MCALL	；撤销选择模态调用
N70 G90 G0 X30 Y120 Z115	；返回到第 5 个钻孔旁的位置
N80 MCALL CYCLE84（RTP，RFP，SDIS，DP，，3，，4.2，，，400）
	；模态调用攻螺纹循环
N90 HOLES1（SPCA，SPCO，STA1，FDIS，DBH，NUM）；调用成排孔循环
N100 MCALL	；撤销选择模态调用
N110 M30	；程序结束

2. 圆弧排列孔加工 HOLES2

编程格式：

HOLES2（CPA，CPO，RAD，STA1，INDA，NUM）

圆弧排列孔如图 4-18 所示。

圆弧排列孔循环参数说明如图 4-19 所示。

CPA：圆弧孔的圆心，横坐标（绝对坐标）。

CPO：孔圆弧圆心，纵坐标（绝对坐标）。

RAD：圆弧孔半径（不输入符号）。

$STA1$：起始角。值范围：$-180° < STA1 \leqslant 180°$。

$INDA$：增量角度。

NUM：变量。钻孔个数。

使用该循环可以加工一个圆弧排列孔。加工平面须在调用该循环之前确定。HOLES2 必须在一个单独程序段中编程。

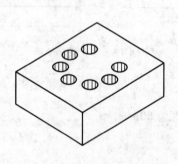

图 4-18 圆弧排列孔示意图

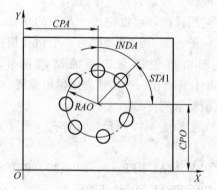

图 4-19 圆弧排列孔循环参数说明

编程举例：

使用 CYCLE82 加工如图 4-20 所示零件，深度为 40mm 的 4 个孔，圆心（80，60），半径 40mm，起始角 45°，安全距离 2mm。

JX420

DEF REAL

CPA = 80，CPO = 60，RAD = 40，STA1 = 45

```
DEF INT NUM = 4              ; 参数定义, 赋值
N10 G90 F160 S800 M3 D1 T22  ; 确定工艺参数
N20 G17 G0 X50 Y45 Z2        ; 到起始位置
N30 MCALL CYCLE82 (2, 0, 2, , 40)
                             ; 调用循环
N40 HOLES2 (CPA, CPO, RAD, STA1, , NUM)
                             ; 调用圆弧排列孔
                               循环
N50 MCALL                    ; 撤消选择模式调用
N60 M30                      ; 程序结束
```

图 4-20 圆弧排列孔循环编程

三、铣削循环

1. 矩形槽铣削 POCKET1

编程格式：

POCKET1 （RTP, RFP, SDIS, DP, DPR, LENG, WID, CRAD, CPA, CPD, STA1, FFD, FFP1, MID, CDIR, FAL, VARI, MIDF, FFP2, SSF）

矩形槽铣削如图 4-21 所示。

矩形槽铣削循环参数说明如图 4-22 所示。

参数 *RTP*、*RFP*、*SDIS* 参见 CYCLE81。

DP：凹槽深度（绝对坐标）。

DPR：相对于基准面的槽深度（不输入符号）。

LENG：凹槽长度（不输入符号）。

WID ：凹槽宽度（不输入符号）。

CRAD：拐角半径（不输入符号）。

CPA：凹槽中心点，横坐标（绝对坐标）。

CPO：凹槽中心点，纵坐标（绝对坐标）。

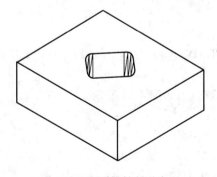

图 4-21 矩形槽铣削示意图

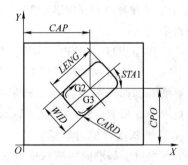

图 4-22 矩形槽铣削循环参数说明

*STA*1：纵向轴和横坐标之间的夹角。值范围：$0° \leqslant STA1 < 180°$。

FFD：深度方向的进给。

*FFP*1：表面加工的进给。

MID：一个横向进给的最大进刀深度（不输入符号）。

CDIR：变量，槽加工的铣削方向，值：2 用于 G2；3 用于 G3。

FAL：槽边缘的精加工余量（不输入符号）。

VARI：变量，加工方式，值：0 为综合加工；1 为粗加工；2 为精加工。

MIDF：精加工最大进刀深度。

FFP2：精加工进给。

SSF：精加工时速度。

该循环是一个组合的粗加工—精加工循环。利用该循环可以加工平面中任意位置的矩形槽。

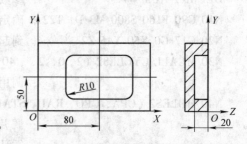

图 4-23　矩形槽铣削循环编程

编程举例：

矩形凹槽加工如图 4-23 所示。凹槽长度为 80mm，宽度 50mm，拐角半径 10mm，深度 20mm（基准面和槽底的距离）。凹槽在 *X* 轴方向角度为 0°。凹槽边缘的精加工余量为 0.75mm，安全距离在 *Z* 轴方向距基准平面为 0.5mm。凹槽中心点位于（80，50），最大深度进刀为 4mm。仅进行一次粗加工。POCKET1 必须在一个单独程序段中编程。

JX423

DEF REAL LENG, WID, DPR, CRAD

DEF INT VARI　　　　　　　　　　　；变量定义

N10 LENG = 80 WID = 50 DPR = 20 CRAD = 10

N20 VARI = 1　　　　　　　　　　　；赋值

N30 G90 S800 M4　　　　　　　　　；确定工艺数值

N35 T1 D1

N37 M6

N40 G17 G0 X60 Y40 Z5　　　　　　；返回运行到出发位置

N50 POCKET1 (5, 0, 0.5, , DPR, LENG, WID, CRAD, 80, 50, 0, 120, 400, 4, 2, 0.75, VARI)　　　　　　　　　　　；循环调用，删除参数 *MIDF*、*FFP2* 和 *SSF*

N60 M30　　　　　　　　　　　　　；程序结束

2. 环形凹槽的铣削 POCKET2

编程格式：

POCKET2 (RTP, RFP, SDIS, DP, DPR, PRAD, CPA, CPO, FFD, FFP1, MID, CDIR, FAL, VARI, MIDF, FFP2, SSF)

环形槽铣削如图 4-24 所示。环形槽铣削循环参数说明如图 4-25 所示。

参数 *RTP*、*RFP*、*SDIS* 参见 CYCLE81。

DP：凹槽深度（绝对坐标）。

DPR：相对于基准面的槽深度（无符号）。

PRAD：凹槽半径（无符号）。

CPA：凹槽中心点，横坐标（绝对坐标）。

CPO：凹槽中心点，纵坐标（绝对坐标）。

FFD：深度方向的进给。

FFP1：表面加工的进给。

MID：一个横向进给的最大进刀深度（无符号）。

CDIR：变量，槽加工的铣削方向，值：2 用于 G2；3 用于 G3。

FAL：槽边缘的精加工余量（无符号）。

VARI：变量，加工方式，值：0 为综合加工；1 为粗加工；2 为精加工。

MIDF：精加工最大进刀深度。

*FFP*2：精加工进给。

SSF：精加工时速度。

该循环是一个组合的粗、精加工循环。使用该循环可以在加工平面中加工环形凹槽。POCKET2 必须在一个单独程序段中编程。

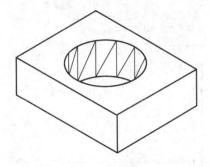

图 4-24 环形槽铣削示意图

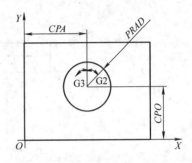

图 4-25 环形槽铣削循环参数说明

编程举例：

在 *YZ* 平面加工一个环形凹槽。凹槽尺寸如图 4-26 所示，槽深以绝对值给定。无精加工余量，安全距离为零。

JX426

DEF REAL RTP = 3，RFP = 0，DP = − 30，PRAD = 50，FFD = 100，FFP1，MID = 6

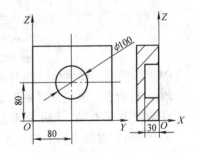

图 4-26 环形槽铣削循环编程

程序	说明
N10 FFP1 = FFD * 2	；变量定义，赋值
N20 G19 G90 G0 S650 M3	；确定工艺数值
N25 T10 D1	
N27 M6	
N30 G0 Y50 Z50	；返回运行到出发位置
N40 POCKET2（RTP，RFP，，DP，，PRAD，50，50，FFD，FFP1，MID，3，）	
	；循环调用，删除参数 *FAL*，*VARI*，*MIDF*，*FFP*2 和 *SSF*
N50 M30	；程序结束

3. 平面铣削 CYCLE71

编程格式：

CYCLE71（_ RTP，_ RFP，_ SDIS，_ DP，_ PA，_ PO，_ LENG，_ WID，_ STA，_ MID，_ MIDA，_ FDP，_ FALD，_ FFP1，_ VARI，_ FDP1）

平面铣削方式及循环参数说明见图 4-27。

参数 *RTP*、*RFP*、*SDIS* 参见 CYCLE81。

参数 *STA*、*MID*、*FFP*1 参见 POCKET3。

DP：深度（绝对坐标）。

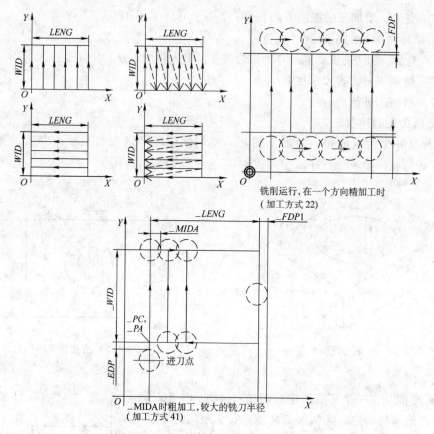

图 4-27　平面铣削方式及循环参数说明

PA：起始点，横坐标（绝对坐标）。

PO：起始点，纵坐标（绝对坐标）。

LENG：矩形在第一轴上的长度，增量。由符号给出此角（由此角标注尺寸）。

WID：矩形在第二轴上的长度，增量。由符号给出此角（由此角标注尺寸）。

MIDA：在平面中进行剥离时最大的进刀宽度，作为数值（无符号）。

FDP：切削方向空运行行程（增量，无符号）。

FALD：深度方向精加工余量（增量，无符号），在精加工加工方式中 *FALD* 表示平面中的剩余材料。

VARI：变量，加工方式：（无符号）。

　　　　个位值：1 为粗加工；2 为精加工。

　　　　十位值：1 为平行于横坐标，在一个方向；2 为平行于纵坐标，在一个方向；

　　　　　　　　3 为平行于横坐标，方向交替；4 为平行于纵坐标，方向交替。

*FDP*1：在平面横向进给方向溢出行程（增量，无符号）。

使用循环 CYCLE71 可以铣削任意一个矩形平面。该循环区分粗加工（分几步对平面进行粗加工，直至精加工余量）和精加工（对平面进行一次铣削）。在宽度和深度方面可以规定最大的进给量。该循环不带铣刀半径补偿进行加工。空运行时执行深度进刀。CYCLE71 必须在一个单独程序段中编程。

编程举例：

表面平面铣削，循环调用参数：

退回平面：10mm。

基准面：0mm。

安全距离：2mm。

最大铣削深度：−10mm。

进给深度：5mm。

无精加工余量。

矩形的起始点：$X=150$mm，$Y=150$mm。

矩形尺寸：$X=+50$mm，$Y=+30$mm。

平面中旋转角：10°。

最大进刀宽度：10mm。

在铣削轨迹结束处的空运行行程：5mm。

表面加工的进给：2000mm/min。

加工方式：粗加工平行于 X 轴，在交替的方向。

最后切削的超程几何量为 2mm，程序用 CYCLE71 进行平面铣削。

JX427

N100 T1

N102 M6

N110 G17 G0 G90 G54 X0 Y0 Z20　　　　　　　　　；返回到出发位置

N120 CYCLE71（10, 0, 2, −10, 150, 150, 50, 30, 10, 5, 10, 5, 0, 2000, 31, 2）

　　　　　　　　　　　　　　　　；循环调用

N125 G0 X0 Y0

N130 M30　　　　　　　　　　　　　　；程序结束

四、其他循环编程

1. 铣削循环

（1）锪平面 CYCL82

编程格式：

CYCLE82（RTP, RFP, SDIS, DP, DPR, DTB）

锪平面如图 4-28 所示。锪平面循环参数说明如图 4-29 所示。

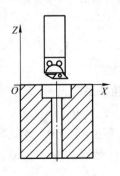

图 4-28　锪平面示意图

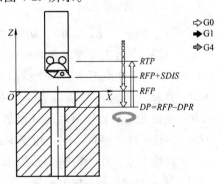

图 4-29　锪平面参数说明

参数 *RTP*、*RFP*、*SDIS*、*DP*、*DPR* 参见 CY-CLE81

DTB：停留时间，在 *DTB* 下编程钻孔底部（断屑）的停留时间，单位 s。

编程举例：

在 *XY* 平面（50，30）位置处，使用循环 CY-CLE82 锪平面，见图 4-30。深度为 25mm。停留时间为 3s，在钻削轴 *Z* 上安全距离为 2mm。

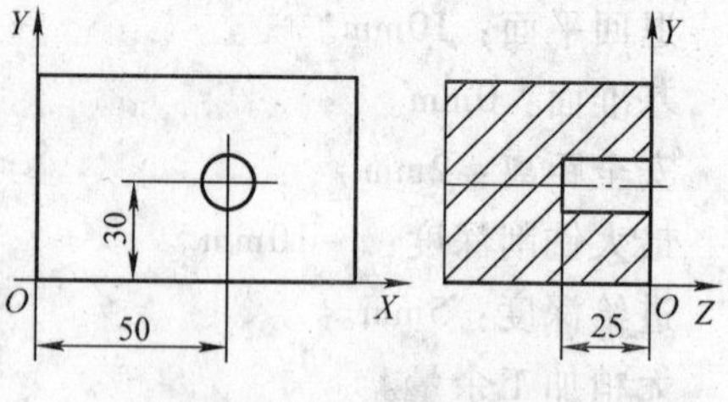

N10 G90 F100 S500 M3

N20 G0 D1 T1 Z10

N30 M6

N40 X50 Y30

N50 CYCLE82 (10, 0, 2, −25, 25 , 3)　　　　；循环调用

N60 M30　　　　　　　　　　　　　　　　　；程序结束

图 4-30　锪平面循环编程

（2）深孔钻削 CYCLE83

编程格式：

CYCLE83 (RTP, RFP, SDIS, DP, DPR, FDEP, FDPR, DAM, DTB, DTS, FRF, VARI, _AXN, _MDEP, _VRT, _DTD, _DIS1)

深孔钻削如图 4-31 所示。深孔钻削循环参数说明如图 4-32 所示。

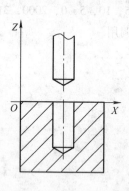

图 4-31　深孔钻削示意图

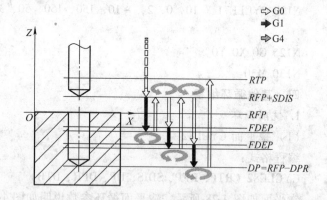

图 4-32　深孔钻削循环参数说明

参数 *RTP*、*RFP*、*SDIS*、*DP*、*DPR* 参见 CYCLE81。

FDEP：第一个钻孔深度（绝对坐标）。

FDPR：相对于基准面的第一个钻削深度（不输入符号）。

DAM：递减（不输入符号）。值：>0，递减量；<0，递减系数；=0，没有递减。

DTB：在钻孔底部的停留时间（断屑）。值：>0，单位 s；< 0，单位转。

DTS：在起始处的停留时间，用于退刀排屑。值：>0，单位 s；<0，单位转。

FRF：进给系数，用于第一个钻削深度（不输入符号）值范围：0.001…1。

VARI：加工方式，值：0 为断屑；1 为退刀排屑。

_AXN：工具轴。值：1 为第一个几何轴；2 为第二个几何轴；其他为第三个几何轴。

_MDEP：最小孔深。

_VRT：在断屑时（VARI=0）可变的退回量。

_DTD：在钻孔底部的停留时间。值：>0，单位 s；<0，单位转；=0 值如同 DTB。

_DIS1：在再次进入钻孔时可编程的移前距离（在断屑 VARI=1 时）。值：>0，可编程的值适用；=0 自动计算。

编程举例：

在 XY 平面（80，120）和（80，60）处钻孔，见图 4-33。第一个钻孔的停留时间为零，加工方式为断屑。孔底深度和第一个钻深按照绝对值说明，在第二次调用时编程 2s 的停留时间。选择退刀排屑加工方式，孔底钻削深度相对于基准面给出。在两种情况下钻削轴均为 Z 轴。钻削行程通过一个递减系数计算，并且不应该小于 8mm 的最小深度。

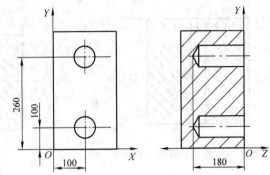

图 4-33 深孔钻削循环编程举例

DEF：RTP=0，RFP=0，SDIS=1，DP=-180

DPR=180，FDEP=50，FDPR=50，DAM=20

DTB=2，FRF=1，VARI=0，

_VRT=0.8

_MDEP=10，_DIS1=0.4   ；参数定义

N10 G17 G90 F80 S600 M4

N20 G0 D1 T1 Z10

N30 X100 Y100

N40 CYCLE83（RTP，RFP，SDIS，DP，，FDEP，，DAM，，，FRF，VARI，，，_VRT）

                                                ；调用循环

N50 G0 X100 Y260

N60 DAM=-0.6 FRF=0.5 VARI=1   ；赋值

N70 CYCLE83（RTP，RFP，SDIS，，DPR，，FDPR，DAM，DTB，，FRF，VARI，，_
MDEP，，，_DIS1）   ；调用循环

N70 M30 ；程序结束

说明：CYCLE83 必须在一个程序段中编程。

（3）刚性攻螺纹 CYCLE84

编程格式

CYCLE84（RTP，RFP，SDIS，DP，DPR，DTB，SDAC，MPIT，PIT，POSS，SST，SST1，_
AXN，_PTAB，_TECHNO，_VARI，_DAM，_VRT）

刚性攻螺纹如图 4-34 所示。刚性攻螺纹循环参数说明如图 4-35 所示。

参数 RTP、RFP、SDIS、DP、DPR 参见 CYCLE81。

DTB：在螺纹深度的停留时间（断屑）。

SDAC：循环结束后旋转方向。值：3、4 或者 5。

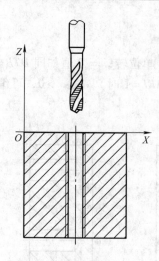

图 4-34   刚性攻螺纹示意图

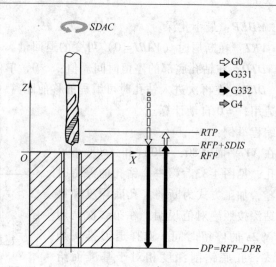

图 4-35   刚性攻螺纹循环参数说明

MPIT：螺距作为螺纹尺寸（带符号）。值范围：3（用于 M3）～48（用于 M48），符号确定螺纹中旋转方向。

PIT：螺距作为值（带符号）。值范围：0.001～2000.000mm，符号确定螺纹中的旋转方向。当 _*PTAB* = 0 或者 1 时：单位为 mm（如同目前一样）。当 _*PTAB* = 2 时，每英寸螺纹导程。

POSS：主轴位置，用于循环中定向主轴停（单位度）。

SST：攻螺纹时转速。

*SST*1：退回时转速。

_ *AXN*：工具轴。值：1 为第一个几何轴；2 为第二个几何轴；其他为第三个几何轴。

_ *PTAB*：求值螺距 *PIT*。值：0 为相当于编程的尺寸系统英制/米制；1 为螺距单位 mm；2 为螺距，每 in 的螺纹导程；3 为螺距，单位 in/r。

_ *TECHNO*：工艺设定。

个位：准停特性。值：0 为如同调用循环之前编程；1 为 G601；2 为 G602；3 为 G603。

十位：预控制值：0 为如同调用循环之前编程。1 为带预控制（FFWON）；2 为不带预控制（FFWOF）。

百位：加速度。值：0 为如同调用循环之前编程；1 为轴冲击限制加速度（SOFT）；2 为轴突变加速度（BRISK）；3 为轴降低加速度（DRIVE）。

千位值：0 为再次激活主轴驱动（在 MCALL 时）；1 为处于位置控制运行（在 MCALL 时）。

_ *VARI*：加工方式。

值：0 为一次进程中攻螺纹；1 为深孔攻螺纹，带断屑；2 为深孔攻螺纹，带退刀排屑。

_ *DAM*：增量式钻削深度。

_ *VRT*：可变退回量，用于断屑。值范围：0≤最大值。

编程举例：

在 *XY* 平面（50，50）处加工螺纹，见图 4-36，刚

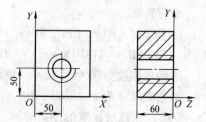

图 4-36   刚性攻螺纹循环编程

性攻螺纹，无停留时间。转向参数和螺距参数必须设定值。钻削一米制螺纹 M5。

N10 G17 G90 T1 D1 G54

N20 G0 X50 Y50 Z10

N30 CYCLE84 (10, 0, 2, −60, 60, 3, 5, , 90, 150, 400)；循环调用

N40 M30

说明：CYCLE84 必须在一个程序段中编程。

2. 铣削循环

（1）铣削一个圆弧上的长方形孔 LONGHOLE

编程格式：

LONGHOLE (RTP, RFP, SDIS, DP, DPR, NUM, LENG, CPA, CPO, RAD, STA1, IN-DA, FFD, FFP1, MID)

圆弧上的长方形孔铣削如图 4-37 所示。圆弧上的长方形孔铣削循环参数说明如图 4-38 所示。

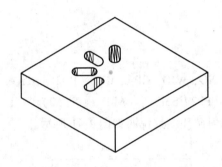

图 4-37　圆弧上的长方形孔铣削示意图

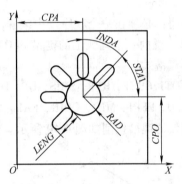

图 4-38　圆弧上的长方形孔铣削循环参数说明

参数 *RTP*、*RFP*、*SDIS* 参见 CYCLE81。

NUM：长方形孔个数。

LENG：长方形孔长度（不输入符号）。

CPA：圆弧的圆心，横坐标（绝对坐标）。

CPO：圆弧的圆心，纵坐标（绝对坐标）。

RAD：圆弧半径（不输入符号）。

*STA*1：起始角。

INDA：增量角度。

FFD：深度方向的进给。

*FFP*1：表面加工的进给。

MID：一个横向进给的最大进刀深度（不输入符号）。

编程举例：

加工图 4-39 中 4 个长方形孔，长度 40mm，相对深度 15mm（基准面和长方形孔底部的距离），它们位于一个圆弧上，圆心为（60，60），半径为 15mm。起始角为 45°，增量角 90°。最大进刀深度为 3mm，安全距离为 2mm。

N10 G17 G90 S600 M3 T10 D1

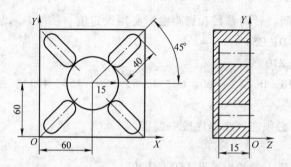

图 4-39　圆弧上的长方形孔铣削循环编程

N20 M6

N30 G0 X60 Y60 Z10

N40 LONGHOLE (5, 0, 2, -15, 15, 4, 40, 60, 60, 15, 45, 90, 150, 400, 3)

　　　　　　　　　　　　　　　　　　　　　　; 循环调用

N50 M30　　　　　　　　　　　　　　　　　　; 程序结束

说明：必须在一个程序段中编程。

（2）铣削一个圆弧上的键槽 SLOT1

编程格式：

SLOT1（RTP, RFP, SDIS, DP, DPR, NUM, LENG, WID, CPA, CPO, RAD, STA1, IN-DA, FFD, FFP1, MID, CDIR, FAL, VARI, MIDF, FFP2, SSF, _FALD, _STA2）

圆弧的键槽铣削如图 4-40 所示。圆弧的键槽铣削循环参数说明如图 4-41 所示。

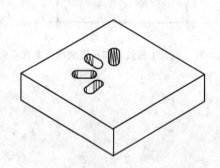

图 4-40　圆弧上键槽铣削示意图

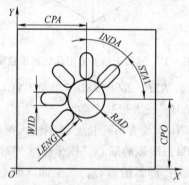

图 4-41　圆弧键槽铣削循环参数说明

参数 *RTP*、*RFP*、*SDIS* 参见 CYCLE81。

DP：键槽深度（绝对）。

DPR：相对于基准面的键槽深度（不输入符号）。

NUM：键槽数量。

LENG：键槽长度（不输入符号）。

WID：键槽宽度（不输入符号）。

CPA：圆弧的圆心，横坐标（绝对坐标）。

CPO：圆弧的圆心，纵坐标（绝对坐标）。

RAD：圆弧半径（不输入符号）。

*STA*1：起始角。

INDA：增量角度。

FFD：深度方向的进给。

*FFP*1：表面加工的进给。

MID：一个横向进给的最大进刀深度（不输入符号）。

CDIR：键槽加工的铣削方向。值：0 为同向铣削（与主轴转向一致）；1 为逆向铣削；2 为用 G2（与主轴转向无关）；3 为用 G3。

FAL：键槽边缘的精加工余量（不输入符号）。

VARI：加工方式（不输入符号）。

个位值：0 为全套加工；1 为粗加工；2 为精加工。

十位值：0 为以 G0 垂直；1 为以 G1 垂直；3 为以 G1 摆动。

MIDF：精加工最大进刀深度。

*FFP*2：精加工进给。

SSF：精加工时速度。

_ *FALD* ：在键槽底部的精加工余量。

_ *STA*2 ：再入角，使用参数 _ *STA*2 定义最大的再入角，用于摆动运动。

编程举例：

加工图 4-42 中的 4 个键槽，键槽位于一个圆弧上，键槽尺寸如图。安全距离为 2mm，精加工余量为 0.5mm，铣削方向为 G2，深度方向最大进刀为 8mm。键槽应该完全通过摆动插入进行加工。

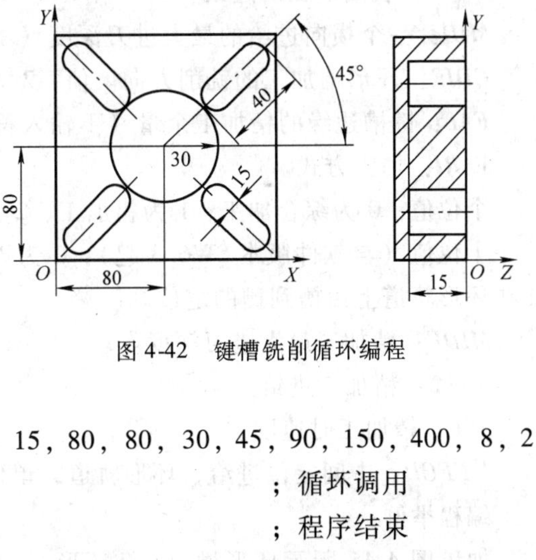

N10 G17 G90 S500 M3

N20 T1 D1

N30 M6

N40 G0 X0 Y0 Z10

图 4-42　键槽铣削循环编程

N50 SLOT1（5，0，1，−15，15，4，40，15，80，80，30，45，90，150，400，8，2，0.5，30，10，500，1000，0.6，5）　　　　　　　　；循环调用

N60 M30　　　　　　　　　　　　　　　　　　　；程序结束

说明：必须在一个程序段中编程。

（3）环形槽 SLOT2

编程格式：

SLOT2（RTP，RFP，SDIS，DP，DPR，NUM，AFSL，WID，CPA，CPO，RAD，STA1，INDA，FFD，FFP1，MID，CDIR，FAL，VARI，MIDF，FFP2，SSF，_ FFCP）

环形槽铣削如图 4-43 所示。环形槽铣削循环参数说明如图 4-44 所示。

参数 *RTP*、*RFP*、*SDIS* 参见 CYCLE81。

AFSL：用于键槽长度的角度（不输入符号）。

WID：环形槽宽度（不输入符号）。

CPA：圆弧的圆心，横坐标（绝对坐标）。

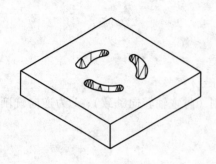

图 4-43 环形槽铣削示意图

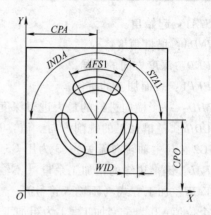

图 4-44 环形槽铣削循环参数说明

CPO：圆弧的圆心，纵坐标（绝对）。

RAD：圆弧半径（不输入符号。）

*STA*1：起始角。

INDA：增量角度。

FFD：深度方向的进给。

*FFP*1：表面加工的进给。

MID：一个横向进给的最大进刀深度（不输入符号）。

CDIR：环形槽加工的铣削方向。值：2 为用于 G2；3 为用于 G3。

FAL：键槽边缘的精加工余量（不输入符号）。

VARI：加工方式。

个位值：0 为综合加工；1 为粗加工；2 为精加工。

十位值（自软件版本 SW6.3 起）：0 为以 G0 并在直线上由槽到槽的定位；1 为以进给并在环形轨道上由槽到槽的定位。

MIDF：精加工最大进刀深度。

*FFP*2：精加工进给。

SSF：精加工时速度。

_ *FFCP*：中间定位进给，环形轨道，单位 mm/min。

编程举例：

加工图 4-45 所示环形槽，3 个环形槽位于一个圆心（100，100）、半径 50mm 的圆弧上，环形槽宽度 15mm，槽长的角度为 70°，深度 20mm。起始角为 0°，增量角为 120°。在键槽轮廓上考虑 0.5mm 的精加工余量，横向进给轴 Z 方向安全距离为 2mm，最大深度进给 6mm。

DEF：FFD = 80；参数定义，赋值。

N10 G17 G90 S800 M3

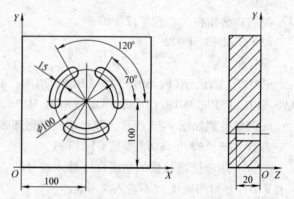

图 4-45 环形槽铣削循环编程

N20 T1 D1

N30 M6

N40 G0 X100 Y100 Z5

N50 SLOT2 (2, 0, 2, -20, 20, 3, 70, 15, 100, 100, 50, 0, 120, FFD, FFD + 200, 5, 2, 0.5)；循环调用，删除 VARI，MIDF，FFP2，SSF，_FFCP 等参数

N60 M30 ；程序结束

说明：SLOT2 必须在一个程序段中编程。

（4）矩形轴颈铣削 CYCLE76

编程格式：

CYCLE76 (_RTP, _RFP, _SDIS, _DP, _DPR, _LENG, _WID, _CRAD, _PA, _PO, _STA, _MID, _FAL, _FALD, _FFP1, _FFD, _CDIR, _VARI, _AP1, _AP2)

矩形轴颈铣削如图 4-46 所示。

矩形轴颈铣削循环参数说明如图 4-47 所示。

参数 _RTP、_RFP、_SDIS、_DP、_DPR 参见 CY-CLE81。

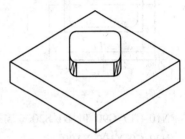

图 4-46　矩形轴颈铣削示意图

_LENG：轴颈长度，在标注拐角尺寸时带符号。

_WID：轴颈宽度，在标注拐角尺寸时带符号。

_CRAD：轴颈拐角半径（不输入符号）。

_PA：轴颈基准点，横坐标（绝对）。

_PO：轴颈基准点，纵坐标（绝对）。

_STA：纵向轴和平面中第一轴之间的角度。

_MID：最大进刀深度（增量，不输入符号）。

_FAL：边缘轮廓处精加工余量（增量）。

_FALD：底部精加工余量（增量，不输入符号）。

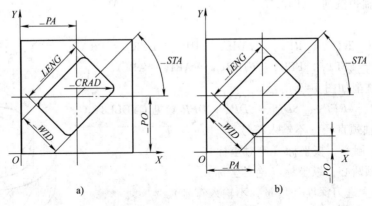

a)　　　　　　　　　　　　　　　b)

图 4-47　矩形轴颈铣削循环参数说明

a）自中心点标注轴颈尺寸　b）自拐角标注轴颈尺寸

_FFP1：轮廓处进给。

_FFD：深度方向的进给。

_CDIR：铣削方向（不输入符号）。值：0 为同向铣削；1 为逆向铣削；2 为用 G2（与

主轴转向无关）；3 为用 G3。

_ VARI：加工方式。值：1 为粗加工直至精加工余量；2 为精加工（余量 $X/Y/Z = 0$）。

_ AP1：轴颈坯件长度。

_ AP2：轴颈坯件宽度。

编程举例：

加工图 4-48 矩形轴颈，长度 80mm，宽度 50mm，拐角半径 20mm，该轴颈与 X 轴成 15°夹角，并由一个拐角 P_1 起进行编程。该轴颈已经预制，有加工余量。坯料长度为 90mm，宽度为 60mm。

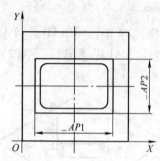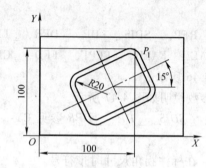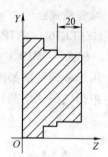

图 4-48　环形槽铣削循环编程

N10 G17 G90 T1 D1 S2000 M3

N20 G0 X100 Y100

N30 M6

N50 CYCLE76（8，0，2，−20，20，−80，−50，20，100，100，15，10，，，800，600，0，1，90，60）　　　　　　　　；循环调用

N60 M30　　　　　　　　　　　；程序结束

说明：CYCLE76 必须在一个程序段中编程。

（5）环形轴颈铣削 CYCLE77

编程格式：

CYCLE77（_ RTP，_ RFP，_ SDIS，_ DP，_ DPR，_ PRAD，_ PA，_ PO，_ MID，_ FAL，_ FALD，_ FFP1，_ FFD，_ CDIR，_ VARI，_ AP1）

环形轴颈铣削如图 4-49 所示。

参数_ RTP、_ RFP、_ SDIS、_ DP、_ DPR 参见 CYCLE81。

_ PRAD：轴颈直径（不输入符号）。

_ PA：轴颈圆心，横坐标（绝对坐标）。

_ PO：轴颈圆心，纵坐标（绝对坐标）。

_ MID：最大进刀深度（增量，不输入符号）。

_ FAL：边缘轮廓处精加工余量（增量）。

_ FALD：底部精加工余量（增量，不输入符号）。

_ FFP1：轮廓处进给。

_ FFD：深度进给（或者空间进刀）。

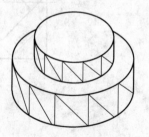

图 4-49　环形轴颈
铣削示意图

_ CDIR：铣削方向（不输入符号）。值：0 为同向铣削；1 为逆向铣削；2 为 G2（与主

轴转向无关）；3 为用 G3。

_VARI：加工方式。值：1 为粗加工直至精加工余量；2 为精加工（余量 $X/Y/Z = 0$）。

_AP1：轴颈坯件的直径（不带符号）。

编程举例：

加工图 4-50 所示轴颈，坯件直径 65mm，每次切削的最大进刀为 8mm。精加工留余量，用于随后的轴颈外壳精加工。整个加工以逆向进行。

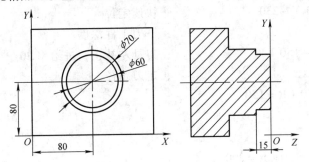

图 4-50　环形轴颈铣削示意图

N10 G90 G17 S1800 M3 D1 T1

N20 M6

N30 G0 X80 Y80 Z10

N40 CYCLE77 (8, 0, 2, -15, 15, 60, 80, 80, 8, 0.5, 0, 800, 600, 1, 1, 65)
　　　　　　　　　　　　　　　　　　; 循环调用粗加工

N50 D1 T2 M6　　　　　　　　　　　; 换刀

N60 S2000 M3

N70 CYCLE77 (8, 0, 2, -15, 15, 60, 80, 80, 8, 0, 0, 700, 700, 1, 2, 65)
　　　　　　　　　　　　　　　　　　; 循环调用精加工

N80 M30　　　　　　　　　　　　　　; 程序结束

说明：CYCLE77 必须在一个程序段中编程

第四节　加工中心编程实例

例 1：铣削如图 4-51 所示零件的外形及内孔，φ20 的立铣刀 T1，半径补正为 D1。

程序如下：　　　　　　　　　　　说明

JX428　　　　　　　　　　　　　　程序名

N10 G17 G40　　　　　　　　　; XY 平面及补正取消

N20 G75 FP = 1 X1 = 0 Y1 = 0 Z1 = 0　; 回换刀点

N30 T1　　　　　　　　　　　; 呼叫刀号

N40 M6　　　　　　　　　　　; 自动换刀

N50 G0 G90 G54 X0 Y0　　　　　; 快速定位到工件原点

N60 D1 M3 S500　　　　　　　; 补正参数，主轴正转

N65 Z50 M8　　　　　　　　　; 安全距离，开切削液

```
N70 Z - 30                          ; 工件深度
N80 G1 G42 X - 50 F20               ; 刀具右补正，直线加工到 X - 50
N90 G2 I50 J0                       ; 圆弧切削
N100 G40                            ; 取消刀补
N110 G0 X0 Y0                       ; 快速移动刀具到原点
N120 Z50                            ; 安全高度
N130 G0 X - 180 Y - 230             ; 快速定位
N140 Z - 30                         ; 下刀工件深度
N150 G1 G41 X - 150 F20             ; 刀具左补正，进给率 20
N160 Y0                             ; 走刀路径
N170 G2 X0 Y150 CR = 150
N180 G1 X150
N190 Y - 50
N200 G3 X50 Y - 150 CR = 200
N210 G1 Y - 200
N220 X - 220
N230 G40                            ; 取消刀补
N240 G0 Z100 M5 M9                  ; 提刀，主轴停止，切削液关
N250 M30                            ; 程序结束
```

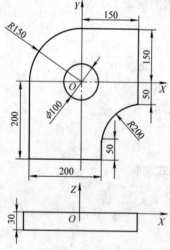

图 4-51 铣削零件

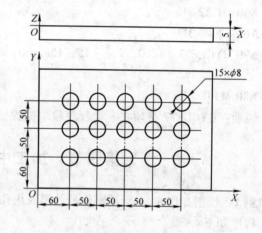

图 4-52 钻孔零件

例 2：钻削如图 4-52 所示零件中的 15 个小孔，刀具为 T1ϕ8mm 钻头

主程序

JX429

N10 G40 G17

N20 G75 FP = 1 X1 = 0 Y1 = 0 Z1 = 0

N30 T1

N40 M6

N50 G0 G90 G54 X50 Y50

N60 D1 M3 S600 Z20

N70 Z5 M8

N80 MCALL CYCLE81 （3，0，5，－15，15）

N90 LP001 P5

N100 G91 G0 Y50

N110 LP002 P5

N120 Z100 M5

N130 MCALL M9

N140 M30

子程序（1）

LP001

N10 G91 X50

N20 M17

子程序（2）

LP002

N10 G91 X－50

N20 M17

习题与思考题

4-1　加工中心编程的特点是什么？

4-2　试编制如图 4-53 所示零件的数控加工程序。

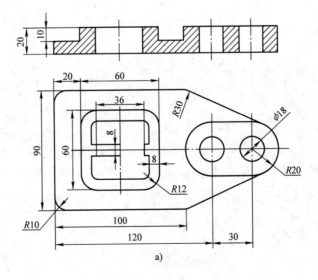

a)

图 4-53　题 4-2 图

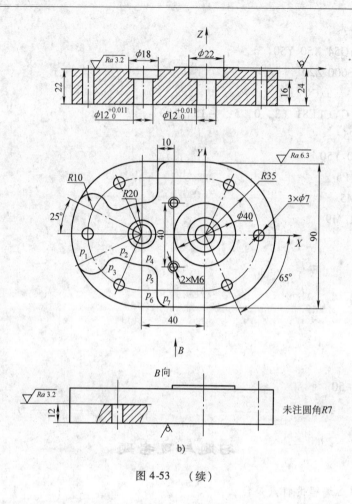

图 4-53 （续）

第五章　数控机床操作与加工

第一节　数控车床操作与加工

一、FANUC 0i 数控车床操作

1. FANUC 0i 机床面板操作

（1）机床操作面板　数控车床的操作主要通过操作面板来实现。操作面板由两部分组成：一部分为机床操作面板，如图 5-1 所示；另一部分为控制系统的操作面板，如图 5-2 所示。

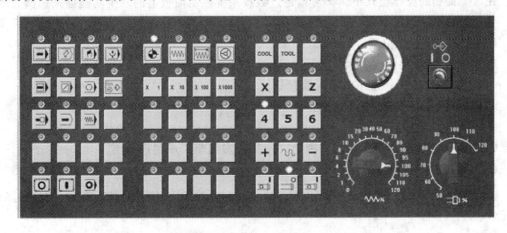

图 5-1　FANUC 0i 车床操作面板

图 5-2　FANUC 0i 车床数控系统面板

（2）数控车床操作面板上操作模式旋钮开关含义

AUTO：自动加工模式。自动运行一个已存储的程序。

EDIT：用于直接通过操作面板输入数控程序和编辑程序。

MDI：直接运行手动输入的程序。

INC：增量进给。

HND：手轮模式移动台面或刀具。

JOG：手动模式，手动连续移动台面和刀具。

DNC：用 232 电缆线连接 PC 机和数控机床，选择程序传输加工。

REF：回参考点。

在自动（AUTO）或手动（MDI）数据输入模式中，启动程序运行可以按 CYCLE +
START 按钮。在程序运行时，不能切换到其他操作模式，要等程序执行完成或按下 RESET
键终止运行后才能切换到其他操作模式。

在以上提到的操作模式中，都可以通过数控系统控制面板上的六个功能键来选择显示方
式，分别为：

POS：显示坐标的位置。

PROG：显示程序内容。

OFFSET/SETTING：显示或输入偏置量。

SYSTEM：显示系统的参数设置。

MESSAGE：显示报警信息。

CUSTOM/GRAPH：显示用户宏画面（会话式宏画面）或图形画面。

（3）数控程序运行控制开关

程序运行开始；模式选择旋钮在"AUTO"和"MDI"位置时按下有效，其余时间按
下无效。

程序运行停止；在程序运行中，按下此按钮停止程序运行。

手动开机床主轴正转。

手动开机床主轴反转。

手动停止主轴。

进给速度（F）调节旋钮，调节程序运行中的进给速度，调节范围为 0%～120%。

调节主轴转速，调节范围为 0%～120%。

在模式下，先选择轴向，手轮顺时针转，相应轴往正方向移动，手轮逆时针转，
相应轴往负方向移动。

机床空运行。按下此键，各轴以固定的速度运动。

手动示教。

在刀库中选刀。

程序编辑锁定开关。置于"○"位置时，可编辑或修改程序。

程序重启动。由于刀具破损等原因自动停止后，程序可以从指定的程序段重新启动。

机床锁定开关。按下此键，机床各轴被锁住，只能程序运行。

M00 程序停止。程序运行中，M00 停止。

紧急停止旋钮。

2. FANUC 0i 数控系统操作

FANUC 0i 数控系统操作面板由 CRT 显示器和 MDI 键盘两部分组成，如图 5-2 所示。

（1）CRT 显示器　CRT 显示器可以显示机床的各种参数和功能。如机床参考点坐标、刀具起始点坐标、输入数控系统的指令数据以及刀具补偿值、报警信号、自诊断结果、驱动轴移动速度等数据。

（2）MDI 键盘各键的名称和功能

1）程序编辑键

①　数字/字母键。数字/字母键用于输入数据到输入区域，系统自动判别取字母还是取数字。字母和数字键通过 SHIFT 键切换输入。

②　编辑键

ALTER 替换键，用输入区内的数据替换光标所在的数据。

DELTE 删除键，删除光标所在的数据；或者删除一个程序或者删除全部程序。

INSERT 插入键，把输入区之中的数据插入到当前光标之后的位置。

CAN 取消键，消除输入区内的数据。

EOB/E 回车换行键，结束一行程序的输入并且换行。

SHIFT 上档键。

③　页面切换键

a. 翻页按钮（PAGE）

PAGE↑ 向上翻页。　　　　　　　　PAGE↓ 向下翻页。

b. 光标移动（CURSOR）

↑ 向上移动光标。　　　　　　　　← 向左移动光标。

↓ 向下移动光标。　　　　　　　　→ 向右移动光标。

④　输入键

INPUT 输入键，把输入区（输入缓冲器）内的数据拷贝到寄存器。

HELP 系统帮助页面。

RESET 复位键。

a. 当机床自动运行中按下此键，机床可紧急停止，若要恢复自动运行，机床需重新返回机床原点，程序将从头执行。

b. 在编辑模式时，按此键，光标回到程序的最前面。

c. 某些情况下发生的警告状态，可按此键解除。

2）功能键

POS 位置显示页面。

PROG 程序键，程序显示与编辑页面。

OFSET SET 刀具补偿设定键——显示刀偏/设定画面。用于刀具长度补偿和半径补偿、工件坐标系平移值设置、宏变量设置、刀具寿命管理设置以及其他数据设置等操作。

SYSTM 系统键显示系统参数设置页面。

MESGE 信息键——显示报警信息。

CUSTM GRAPH 图形键——显示用户宏画面（会话式宏画面）或图形画面。

3. 手动操作机床

（1）回参考点

1）置模式旋钮在 **⊕** 位置。

2）选择各轴 **X** **Y** **Z**，点按或按住按钮，即回参考点。

（2）移动 手动移动机床轴的方法有三种。

方法一：快速移动 **⌇**，这种方法用于较长距离的工作台移动。

1）置"JOG"模式位置。

2）选择各轴，按住方向键 **+** **−**，机床各轴移动，松开后停止移动。

3）按 **⌇** 键，各轴快速移动。

方法二：增量移动 **⋙**，这种方法用于微量调整，如用在对基准操作中。

1）置模式在 **⋙** 位置，选择 **X 1** **X 10** **X 100** **X1000** 步进量。

2）选择各轴，每按一次，机床各轴移动一步。

方法三：操纵"手脉" **◈**，这种方法用于微量调整。在实际生产中，使用手脉可以让操作者容易控制和观察机床移动。

（3）开、关主轴

1）置模式旋钮在"JOG"位置。

2）按 **⫶** **⫶** 机床主轴正反转，按 **⫶** 主轴停转。

（4）启动程序加工零件

1）置模式旋钮在"AUTO" **⊐** 位置。

2）选择一个程序。

3）按程序启动按钮 **⎚**。

（5）试运行程序 试运行程序时，机床和刀具不切削零件，仅运行程序。

1）置在 **⊐** 模式。

2）选择一个程序如 O0001 后按 **↓** 调出程序。

3）按程序启动按钮 **⎚**。

（6）单步运行

1）置单步开关 **⊒** 于"ON"位置。

2）程序运行过程中，每按一次 **⎚** 执行一条指令。

（7）选择一个程序

1）选择模式放在"EDIT"。

2）按键，DIR 软键，显示所有 NC 程序。

3）按数字键输入程序号 4567。

4）按，开始搜索，找到后，"4567"显示在屏幕右上角程序号位置，"4567"NC 程序显示在屏幕上。

（8）选择模式 AUTO

1）按键入字母"O"。

2）按数字键键入数字"4567"。

3）按→ "4567"显示在屏幕上。

4）可输入程序段号"N30"，按搜索程序段。

（9）删除一个程序

1）选择模式在"EDIT"。

2）按键输入字母"O"。

3）按数字键输入要删除的程序的号码 4567。

4）按，"4567"NC 程序被删除。

（10）删除全部程序

1）选择模式在"EDIT"。

2）按键输入字母"O"。

3）输入"-9999"。

4）按，全部程序被删除。

（11）编辑 NC 程序（删除、插入、替换操作）

1）模式置于"EDIT"。

2）选择，输入被编辑的 NC 程序名如"gong05"，按即可编辑。

3）移动光标，按 PAGE或翻页，按 CURSOR或移动光标。

4）输入数据，将数据输入到输入域。键用于删除输入域内的数据。

5）自动生成程序段号输入，按→，如图 5-3 所示，在参数页面顺序号中输入"1"，所编程序自动生成程序段号。

（12）删除、插入、替代

1）按键，删除光标所在的代码。

2）按键，把输入区的内容插入到光标所在代码后面。

3）按键，把输入区的内容替代光标所在的代码。

（13）通过操作面板手工输入 NC 程序

1）置模式开关在"EDIT" ![]。

2）按![PROG]键，再按![DIR]进入程序页面。

3）按![EOB E]![INSERT]键，开始程序输入。

4）按![EOB E]![INSERT]键换行后再继续输入。

（14）输入零件原点参数

1）按![OFFSET SET]键进入参数设定页面，按"坐标系"。

2）用![PAGE]![PAGE]或![↓]![↑]选择坐标系。

3）输入地址字（$X/Y/Z$）和数值到输入域。

4）按![INPUT]键，把输入域中间的内容输入到所指定的位置，如图 5-4 所示。

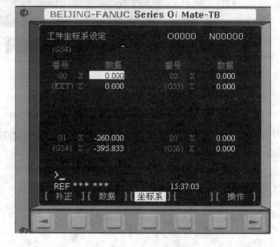

图 5-3 自动生成程序段号的参数设置   图 5-4 坐标系设置

（15）输入刀具补偿参数

1）按![OFFSET SET]键进入参数设定页面，按"![补正]"。

2）用![PAGE]和![PAGE]键选择长度补偿、半径补偿。用 CURSOR：![↓]和![↑]键选择补偿参数编号。

3）输入补偿值到长度补偿 H 或半径补偿 D。

4）按![INPUT]键，把输入的补偿值输入到所指定的位置，如图 5-5 所示。

5）按![POS]键切换到位置显示页面。用![PAGE]和![↑PAGE]键或者软键切换。

（16）MDI 手动数据输入

1）按![]键，切换到"MDI"模式。

2）按![PROG]键，再按![MDI]→![EOB E]分程序段号"N10"，输入程序如：G0 X50。

3）按![INSERT]，"N10 G0 X50"程序被输入。

4）按![]程序启动按钮。

（17）镜像功能

按![OFFSET SET]→![SETING]→![PAGE]，如图 5-6 所示。

在参数页面中 MIRROR IMAGE X、MIRROR IMAGE Y、MIRROR IMAGE Z 分别表示 X 轴、Y 轴和 Z 轴镜像功能。输入"1"镜像启动。

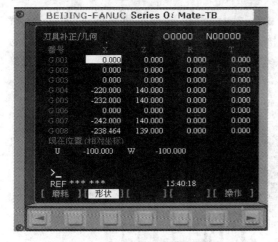

图 5-5　FANUC 0i 车床刀具补正

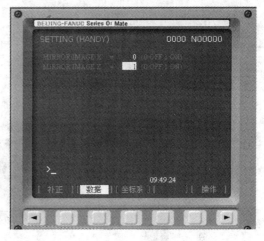

图 5-6　FANUC 0i 镜像功能

4. 车床对刀操作步骤

（1）直接用刀具试切对刀

1）用外圆车刀先试切一外圆，测量外圆直径后，按 [OFSET SET] → [补正] → [形状] 输入"外圆直径值"，按 [测量] 键，刀具 X 补偿值即自动输入到几何形状里。

2）用外圆车刀再试切外圆端面，按 [OFSET SET] → [补正] → [形状] 输入"Z0"，按 [测量] 键，刀具 Z 补偿值即自动输入到几何形状里。

（2）用 G50 设置工件零点

1）用外圆车刀先试切一段外圆，选择 [相对] 按 [SHIFT] → [X_U]，这时"U"坐标在闪烁。按 [ORIGIN] 键置"零"，测量工件外圆后，选择 [MDI] 模式，输入 G01 U×× （××为测量直径）F0.3，切端面到中心。

2）选择 MDI 模式，输入 G50 X0 Z0，启动 [键]，把当前点设为零点。

3）选择 MDI 模式，输入 G0 X100 Z160，使刀具离开工件。

4）这时程序开头：G50 X100 Z160 ……

5）用 G50 X100 Z160，程序起点和终点必须一致即 X100 Z160，这样才能保证重复加工不乱刀。

6）如用第二参考点 G30，即能保证重复加工不乱刀，这时程序开头

G30 U0 W0

G50 X100 Z160

（3）工件移设置工件零点

1）在 FANUC0i 系统的 [OFSET SET] 里，有一工件移界面，可输入零点偏移值。

2）用外圆车刀先试切工件端面，这时 X、Z 坐标的位置如：X - 250 Z - 365，直接输入到偏移值里。

3）选择 [回参考点方式]，按 X、Z 轴回参考点，这时工件零点坐标系即建立。

4）这个零点一直保持，只有重新设置偏移值 Z0，才清除。

（4）G54 ~ G59 设置工件零点

1）用外圆车刀先试切一外圆，按 [OFSET SET] → [◄] →〖坐标系〗，如选择 G55，输入 X0、Z0 按 [测量] 工件零点坐标即存入 G55 里，程序直接调用如：G55 X30 Z100……

2）可用 G53 指令清除 G54 ~ G59 工件坐标系。

二、SIEMENS 802D 车床操作与加工

1. SIEMENS 802D 操作面板

机床的操作面板包括数控系统操作面板和机床控制面板，分别如图 5-7 和图 5-8 所示。

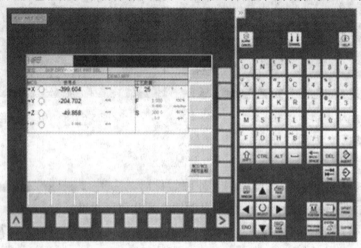

图 5-7　802D 数控系统操作面板

数控系统操作面板包括 CRT 显示器和 MDI 键盘两部分构成。用操作键盘结合显示屏可以进行数控系统操作。

机床控制面板主要用于控制机床的运动和选择机床运行状态，由模式选择按钮、数控程序运行控制开关等多个部分组成。各键的功能见表 5-1。

2. 数控车床的操作方法及步骤

（1）开机和回参考点

1）开机。开机的操作步骤：检查机床各部分初始状态正常后，接通 CNC 和机床电源。系统引导进入"加工"操作区 JOG 运行方式，出现"回参考点"窗口。

2）回参考点。开机后必须确定机床零点。用回参考点来完成。回参考点只有在 JOG 方式下才能进行。操作步骤如下：

① 按机床控制面板上参考点 REFPOT 键。

② 接坐标轴方向键" + X、 + Z"，点动或长按使每个坐标轴逐一回参考点。如果选错了回参考点方向，则不会产生运动。回参考点后工作窗口坐标轴应显示" 🌐 "，表示坐标轴已到达参考点，如图 5-9 所

图 5-8　机床控制面板

示。

③ 通过选择另一种运行方式 MDA、AUTO、JOG 可以结束该功能。

表 5-1 SIEMENS 802D 数控车床系统操作面板各键含义

键	含 义	键	含 义
	软菜单键	U A	字母键
INSERT	插入键	+ 9	数字键
	返回键	SHIFT	上档键
	菜单扩展键	DEL	删除键
SELECT	选择/转换键	BACK-SPACE	删除键（退格键）
	区域转换键	INPUT	回车/输入键
ALARM CANCEL	报警/系统操作区域键	PROGRAM MANAGER	程序管理操作区域键
PAGE UP	光标向上翻页键	ALARM CANCEL	报警应答键
PAGE DOWN	光标向下翻页键	PROGRAM	程序操作区域键
▼ ◀ ▶ ▲	光标向上键、下键、左键、右键	OFFSET PARAM	参数操作区域键
REF POT	手动方式回参考点	JOG	手动方式
MDI	手动数据输入键	RAPID	快速运行叠加键
AUTO	自动加工模式	SINGLE BLOCK	单段运行
RESET	复位键	SPIN START	主轴正转

（续）

键	含 义	键	含 义
CYCLE STOP	循环停止	SPIN STOP	主轴停止
CYCLE START	循环启动	SPIN START	主轴反转
[VAR]	增量选择	M POSITION	加工操作区域键
（旋钮图）	紧急停止旋钮	-X -Z +Z +X	移动轴选择
（旋钮图）	进给速度（F）调节旋钮	（旋钮图）	主轴速度调节旋钮

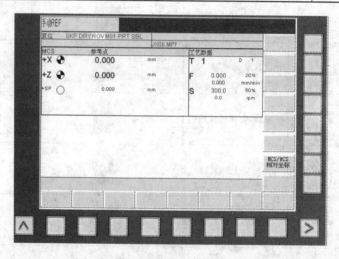

图 5-9　回参考点结束

（2）零件程序编辑

1）输入新程序。选择"程序"操作区，显示 NC 中已经存在的程序目录，如图 5-10 所示。

按"新程序"键，出现一个对话窗口，在此输入新的主程序和子程序名称。在名称后输入文件类型。按"确定"键确认输入，生成新程序。用中断键结束程序的编制，并关闭此窗口，如图 5-11 所示。

2）零件程序的修改。零件程序不处于执行状态时，可以进行编辑。在零件程序中进行的任何修改均立即被存储。

（3）JOG 运行方式　在 JOG 运行方式中，可以使坐标轴点动运行，如图 5-12 所示。

操作步骤：通过机床面板上的"JOG"键，选择 JOG 运行方式，操作相应的方向键可以使坐标轴运行。在选择"增量选择"以步进增量方式运行时，坐标轴以增量行使，步进量在屏幕上显示。

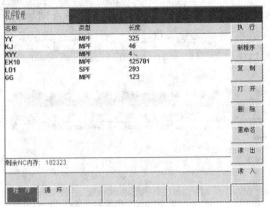

图 5-10　程序管理操作

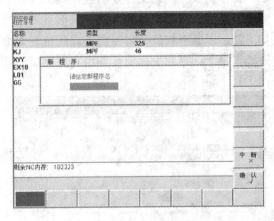

图 5-11　生成新程序

1）"手轮"运行方式。可以使坐标轴点动运行，如图 5-13 所示。

操作步骤：按"手轮"键，用光标键选择 X 或 Z 轴，然后按相应坐标轴的软键。

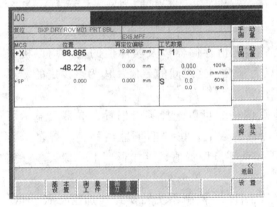

图 5-12　JOG 运行方式

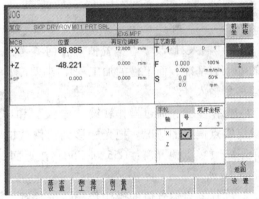

图 5-13　手轮运行方式

2）MDA 运行方式（手动输入）。在 MDA 运行方式下可以编制一个不超过 6 行的零件程序段。

操作步骤：选择机床操作面板上的 MDA 键，通过操作面板输入程序段，按动数控启动键，执行输入的程序段。

（4）参数设定　在 CNC 进行工作之前，必须通过参数的输入和修改来对机床、刀具等进行调整。

1）输入刀具参数及刀具补偿参数。刀具参数包括刀具几何参数、磨损量参数和刀具型号参数。

①　建立新刀具。操作步骤：按参数操作区域键，"新刀具""车刀"软键，显示对话窗口，填入相应的刀具号和刀具沿。按确认键确认输入。在刀具清单中自动生成数据组零。如图 5-14 所示。

②　确定刀具补偿（手动）。利用此功能可以计算刀具 T 未知的几何长度。前提条件是换入该刀具，在 JOG 方式下移动该刀具，使刀尖到达一个已知坐标值的机床位置，这可能是一个已知位置的工件。

操作步骤：用此键打开测量刀具的手动测量键，出现对刀的窗口。在 X0 或 Z0 处登记一个刀具当前所在位置的数值，该值可以是当前的机床坐标值，也可以是一个零点偏移值。如果使用了其他数值，则补偿值以此位置为准。按软键"设置长度1"或者"设置长度2"，系统根据所选择的坐标轴计算出它们相应的几何长度 1 或 2，所计算出的补偿值被存储，如图 5-15 所示。

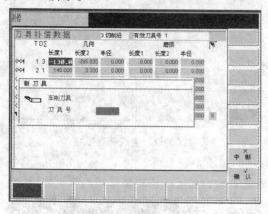

图 5-14　建立新刀具

2）输入/修改零点偏置值。在回参考点之后实际值存储器以及实际值的显示均以机床的零点为基准，而工件的加工程序则以工件零点为基准，这之间的差值就作为可设定的零点偏移量输入。

操作步骤：通过操作软键"参数"和"零点偏移"可以选择零点偏置，屏幕上显示可设定零点偏置的情况。把光标移到待修改的范围输入数值，按"向下翻页"键，屏幕上显示下一页零点偏置窗：G55 和 G56；按返回键不确认零点偏置值，直接返回上一级菜单，如图 5-16 所示。

计算零点偏置值的操作步骤：按软键"测量工件"。控制系统转换到"加工"操作区，出现对话框用于测量零点偏置。刀尖运行到工件处。在对话框"设置位置到"中输入工件边沿在坐标系位置。按此键计算偏移量，在偏移一栏中显示结果。按中断键退出窗口。

（5）自动运行方式　在自动方式下零件程序可以自动加工执行，这是零件加工中正常使用的方式。启动程序之前必须要调整好系统和机床，保证安全。

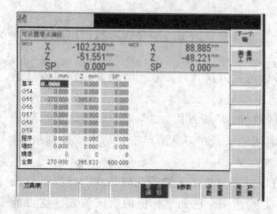

图 5-16　坐标系偏置

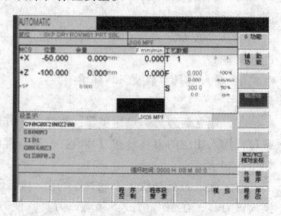

图 5-17　自动运行方式

操作步骤：按自动方式键选自动运行方式，打开"程序目录窗口"。把光标定位到所选的程序上。用执行软键选择待加工的程序。被选择的程序名称"JX06"显示在屏幕区"程序名"下，如图5-17所示。

按循环启动键，启动加工程序。按单步循环键，选择单步循环加工。

程序控制键显示所有用于选择程序控制方式的软键（如有条件停止、跳过、ROV有效等）。G功能，打开窗口，显示所有有效的G功能。零件程序不处于执行状态时，按程序修改键可以进行编辑。

三、华中数控车床操作

1. 数控车床操作界面

HNC—21T数控车床操作界面如图5-18所示。

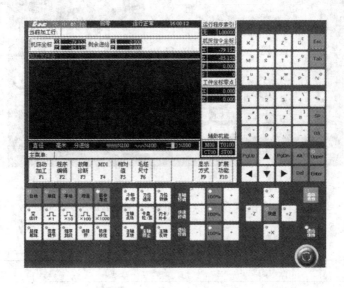

图5-18 HNC—21T数控车床操作界面

2. 华中数控车床操作

1）开机操作。打开空气开关→打开钥匙开关→打开计算机电源→进入数控车床软件操作界面。

2）回参考点操作。

3）超程解除。手动方式→超程解除→−X/−Z。

4）MDI操作。F4/MDI→键盘输入单段程序→单段/自动→循环启动。

5）程序编辑。F1/自动加工→F5/零件程序→F3/程序编辑→F4/打开程序→输入文件名O××→输入程序。

6）程序模拟运行及加工运行。F1/自动加工→F7/程序→Page Up/Page Down→选所需文件→模拟加工/自动加工→机床锁住/循环启动。

7）窗口调整。自动/手动/单段/步进→F1/自动加工→F3/数据设定→F4/图形参数→定义加工窗口的上下左右的坐标值，并使刀具在合适的位置。

第二节　数控铣床操作与加工

一、SIEMENS 802S/C 数控铣床操作与加工

1. 数控系统面板

（1）系统操作面板　系统操作面板如图 5-19 所示。

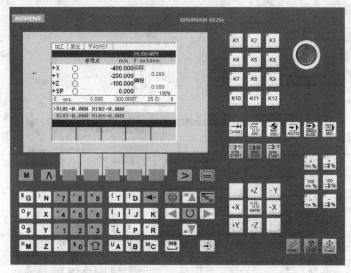

图 5-19　SIEMENS 802S/C 数控铣床系统操作面板

（2）SIEMENS 802S/C 数控铣床系统操作面板　SIEMENS 802S/C 数控铣床系统操作面板各键含义，见表 5-2。

表 5-2　SIEMENS 802S/C 数控铣床系统操作面板各键含义

键	含　义	键	含　义
	软菜单键		删除键
M	加工显示键	⁺9	数字键
∧	返回键		垂直菜单键
>	菜单扩展键		选择/转换键
≡	区域转换键		回车/输入键
	光标向上键 上档：向上翻页键		回车/输入键
	光标向下键 上档：向下翻页键		报警应答键
	光标向左键、右键	REF POT	参考点
RESET	复位	SINGLE BLOCK	单段运行

（续）

键	含　义	键	含　义
CYCLE STOP	循环停止	AUTO	自动方式
JOG	点动	上	上档键
INS	空格键（插入键）	+X　−X	X轴点动
U A	字母键	+Y　−Y	Y轴点动
SPIN START	主轴正转	+Z　−Z	Z轴点动
SPIN STOP	主轴停	SPIN START	主轴反转
K1　K2　K3 K4　K5　K6 K7　K8　K9 K10　K11　K12	使能键	+〰%　+〷% 100〰%　100〷% −〰%　−〷%	主轴速度修调
		○	应急开关

（3）屏幕显示区　显示屏下方的蓝色方块为菜单软键，按下软键，可以进入软键上方对应的菜单，如图5-20所示。

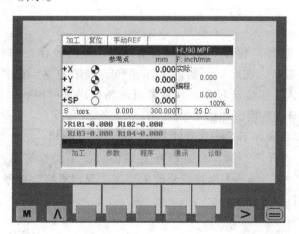

图 5-20　SIEMENS 802S/C 数控铣床屏幕显示区

2. 开机和回参考点

（1）开机　接通 CNC 和机床电源，系统启动后进入"加工"操作区，JOG 运行方式，出现"回参考点"窗口。

（2）回参考点（"加工"操作区）　进入系统后，旋转急停键，使之抬起，取消急停状态，系统提示需回参考点。

按下 🔲 键，启动"回参考点"，顺次按下 +Z 、 +X 、 +Y 键，Z、X、Y 轴等逐一回参考点，如图 5-21、图 5-22 所示。

加工	复位	手动REF		
				HU90.MPF
	参考点		mm	F: inch/min
+X	○		-400.000	实际:
+Y	○		-200.000	0.000
+Z	○		-100.000	编程:
+SP	○		0.000	0.000
				100%
S	100%	0.000	300.000	T: 25 D: 0

加工	复位	手动REF		
				HU90.MPF
	参考点		mm	F: inch/min
+X	◑		0.000	实际:
+Y	◑		0.000	0.000
+Z	◑		0.000	编程:
+SP	○		0.000	0.000
				100%
S	100%	0.000	300.000	T: 25 D: 0

图 5-21　坐标轴未回参考点　　　　　　　　图 5-22　坐标轴已到达参考点

3. 手动操作

（1）JOG 运行方式　单击机床操作面板上的 🔲 键，选择手动运行方式。

按下坐标轴方向键，机床在相应的轴上运动。只要按住坐标轴键不放，机床就会以设定的速度连续移动。

如果同时按下"快速运行" 🔲 键及坐标轴键，则坐标轴将进行快速移动。

如果按下"增量选择" 🔲 键，则坐标轴以选择的步进量运行，步进量的大小显示在屏幕上方。再按一次点动键，可以去除步进方式。

（2）MDA 运行方式　在机床操作面板上，单击 🔲 键，选择 MDA 运行方式。

使用操作面板上的数字键 1 ～ 9 ，输入程序段。

单击 🔲 键，执行输入的程序段。

4. 程序编辑

（1）程序编辑

1）输入新程序。选择"程序"操作区，显示 NC 中已经存在的程序目录。按"新程序"键，出现一对话窗口，在此输入新的主程序和子程序名称。在名称后输入文件类型。按"确定"键确认输入，生成新程序。现在可以对新程序进行编辑。用关闭键结束程序的编制，返回到程序目录管理层，如图 5-23 所示。

2）程序修改。零件程序不处于执行状态时，可以进行编辑，如图 5-24 所示。

在主菜单下选择"程序"键，出现程序目录窗口。用光标键选择待修改的程序。按"选择"键→"打开"键，屏幕上出现所修改的程序。现在可修改程序。用关闭键结束程序的修改，返回到程序目录管理层。

（2）自动运行操作

1）选择和启动零件程序。按自动方式键 🔲 选自动运行方式，打开"程序目录窗口"，在第一次选择"程序"操作区时会自动显示"零件程序目录"。如图 5-25 所示。把光标定位到所选的程序上。用"选择"键选择待加工的程序，被选择的程序名称显示在屏幕区"程序名"下。

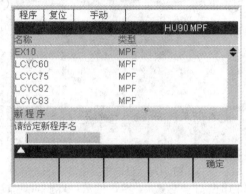

图 5-23　输入新程序

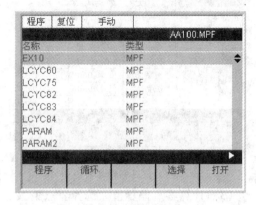

图 5-24　选择程序进行修改

2）自动运行方式。按自动方式键选择自动运行方式，如图 5-26 所示。

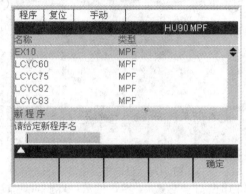

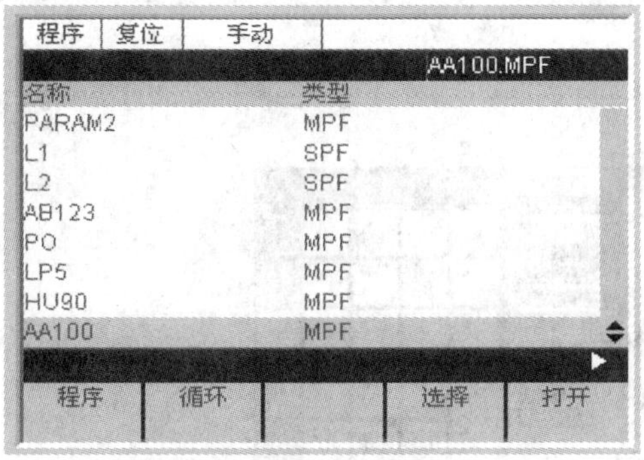

图 5-25　选择程序进行加工

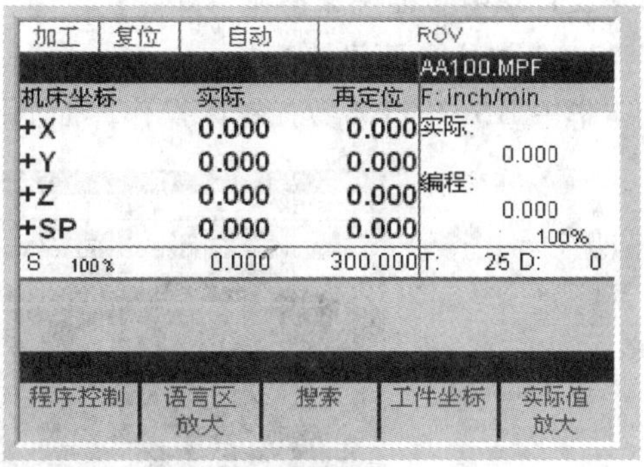

图 5-26　自动加工界面

按"仿真"→循环启动键选择仿真加工。

按循环启动键选择自动加工。

5. 参数设定

（1）刀具参数及刀具补偿参数设定

1）建立新刀具。按"新刀具"键，建立一个新刀具。出现输入窗口，显示所有给定的刀具号。输入新的 T 号，并定义刀具类型，按确认键输入，刀具补偿参数窗口打开。

2）刀具补偿参数。刀具补偿分为刀具长度补偿及刀具半径补偿，参数表结构因刀具类型不同而不同。输入刀补参数，移动光标到要修改的区域，输入数值，按输入键确认，如图5-27 所示。

3）确定刀具补偿值。参数→刀具补偿→测量→确认→计算→确认，刀具补偿被存储。

（2）输入/修改零点偏置值　操作软键"参数"和"零点偏移"可以选择零点偏置。屏幕上显示可设定零点偏置的情况，如图 5-28 所示。把光标移到待修改的范围，输入数值，按"向下翻页"键，屏幕上显示下一页零点偏置窗口：G55 和 G56。按返回键不确认零点偏置值，直接返回上一级菜单。

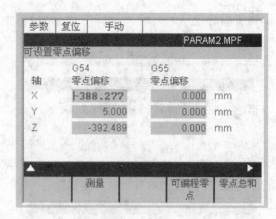

图 5-27　刀具补偿参数设定　　　　　　　图 5-28　设定零点偏置

（3）计算零点偏置值　选择零点偏置（如 G54）窗口，参数→ 零点偏移 →测量→确认→计算→确认，完成 X 坐标偏置值设置，移动光标再分别选择 Y、Z 坐标，完成 Y、Z 坐标偏置值设置。

二、华中数控铣床操作

1. 数控铣床操作界面

华中 HNC—21M 数控铣床操作界面如图 5-29 所示。

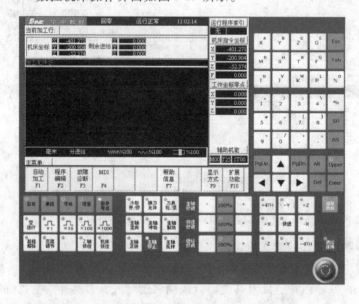

图 5-29　华中 HNC—21M 数控铣床操作界面

2. 华中数控铣床操作

（1）开机操作　打开空气开关→旋起急停按钮→数控铣床操作界面。

（2）回参考点操作

（3）超程解除　手动方式→超程解除→ – X/ – Z。

（4）MDI 操作　在图 5-29 所示的主操作界面下，按 F4 键即可进入如图 5-30 所示的 MDI 子菜单。

F4/MDI→进入 MDI 子菜单→输入单段程序→单段/自动→循环启动。

（5）程序编辑步骤 F1/自动→F5/零件程序→F3/程序编辑→F4/打开程序→输入文件名 O××→输入程序。

（6）程序模拟运行及加工运行步骤 F1/自动→F7/程序→Page Up/Page Down→选所需文件→F1/自动→模拟加工/自动加工→机床锁住/循环启动。

（7）窗口调整步骤 自动/手动/单段/步进→F1/自动→F3/数据设定→F4/图形参数→定义加工窗口的上下左右的坐标值，并使刀具在合适的位置。

（8）坐标系参数输入 如果在加工程序中，用 G54～G59 指令设置坐标系，必须进行坐标系设置。

F3/坐标系→显示 G54 坐标系参数（如图 5-31 所示）→PageDown→G55/G56/G57/G58/G59→输入工件坐标系原点的机床坐标值。

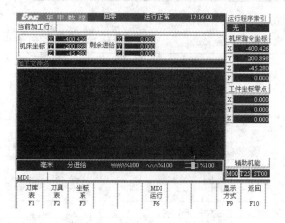

图 5-30 MDI 子菜单

图 5-31 坐标系参数

（9）故障诊断

1）报警显示。F4/MDI→F6/报警显示→↑/↓/←/→/PageUp/PageDown，查看报警信息。

2）错误历史。F4/MDI→F6/错误历史→↑/↓/←/→/PageUp/PageDown，查看出错的历史。

3）清除报警信息。F4/MDI→F2/清除报警，询问是否清除报警信息。

4）故障显示清单。该反馈信息为伺服系统传送主机的报警信息。信号形式：61XXXXYYH，其中 6 表示反馈信号为报警信息，XXXX 为 4 位十六进制报警信息分类，YYH 为详细的报警信息类型。

第三节 加工中心操作与加工

本节介绍 SIEMENS 810D 数控系统。

一、数控系统面板

1. 系统操作面板

SIEMENS810D 加工中心控制面板如图 5-32 所示。

操作面板功能键及含义见表 5-3。

图 5-32　SIEMENS 810D 加工中心控制面板

表 5-3　操作面板功能键及含义

键	含　义	键	含　义
Reset	复位	AUTO	自动方式
Cycle Start	循环停止	MDA	手动
CYCLE START	循环启动	Spindle Start	主轴正转
[VAR]	增量选择	SpinStar	主轴反转
JOG	点动	Spindle Stop	主轴停
Ref Point	回参考点	RAPID	快速移动
+X -X	X 轴点动	+Z -Z	Z 轴点动
+Y -Y	Y 轴点动	SINGLE BLOCK	单段运行
	紧急停止旋钮		进给速度调节旋钮
	主轴速度修调		

2. 数控系统操作

SIEMENS 810D 加工中心工作区如图 5-33 所示，SIEMENS810D 加工中心编辑面板如图 5-34 所示。编辑面板功能键及含义见表 5-4。

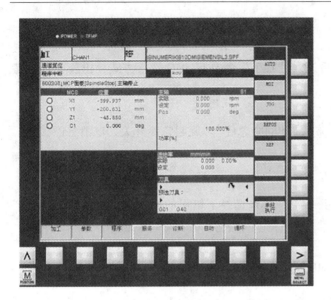

图 5-33 SIEMENS 810D 加工中心工作区   图 5-34 SIEMENS 810D 加工中心编辑面板

表 5-4 编辑面板功能键及含义

键	含 义	键	含 义
(返回键图标)	返回键	CTRL	控制键
ALARM CANCEL	报警应答键	(空格键图标)	空格键
① HELP	信息键	DEL	删除键
>	菜单扩展键	TAB	制表键
CHANNEL	通道转换键	M POSITION	加工操作区域键
SHIFT	上档键	OFFSET PARAM	参数操作区域键
PAGE UP / PAGE DOWN	翻页键	0 9	数字键，上档键转换对应字符
PROGRAM MANAGER	程序管理操作区域键	(光标键图标)	光标键
SYSTEM ALARM	报警/系统操作区域键	INPUT	回车／输入键
SELECT	选择/转换键（当光标后有时使用）	PROGRAM	程序操作区域键
BACKSPACE	删除键（退格键）	J Z	字母键，上档键转换对应字符
INSERT	插入键	NEXT WINDOW	未使用

二、开机和回参考点

1. 开机

接通 CNC 和机床电源系统启动以后进入"加工"操作区 JOG 运行方式，出现"回参考点窗口"。

2. 回参考点

1）进入系统后，显示屏上方显示文字"30000 急停"。旋起急停开关，取消急停状态。

2）在 JOG 方式进行"回参考点"。

3）按下 <kbd>Ref Point</kbd> 键，启动"回参考点"。

4）按"坐标轴方向键" <kbd>+Z</kbd>、<kbd>+X</kbd>、<kbd>+Y</kbd>，如果选择了错误的回参考点方向，则不会产生运动。三个坐标轴逐一回参考点。

3. 手动操作

JOG 运行方式及 MDA 运行方式与 802S/C 系统类似。

4. 程序编辑

1）输入新程序。主程序与子程序分别在相应区域编写，如图 5-35 所示。

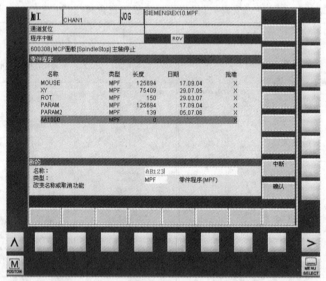

图 5-35　SIEMENS810D 加工中心输入新程序

2）程序调用及修改与 802S/C 系统相似。

① 输入新程序。选择程序→新程序，出现一对话窗口，在此输入新的主程序或子程序名称。按"确定"键确认输入，现在可以对新程序进行编辑。按"关闭"键结束程序的编制。

② 零件程序的修改。零件程序不处于执行状态时，可以进行编辑。

选择"程序"键，出现程序目录窗口。用光标键选择待修改的程序。如图 5-36 所示。按"打开"键，屏幕上出现所修改的程序。现在可修改程序。用关闭键结束程序的修改，程序自动保存。

5. 自动运行操作

按 <kbd>AUTO</kbd> 键→程序，把光标移动到所选的程序上，按"选择"键选择待加工的程序，被

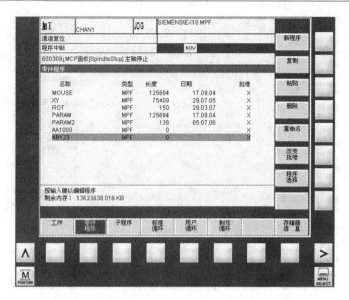

图 5-36 SIEMENS810D 加工中心程序选择

选择的程序名称显示在屏幕区"程序名"处，按 ![Teach In] → ![Cycle Start]，进行仿真加工，直接按 ![Cycle Start] 键，进行数控加工。

三、参数设定

刀具参数及刀具补偿参数设定

1. 建立新刀具

按"新刀具"键，建立一个新刀具。输入新的刀号，并定义刀具体安排类型，如图 5-37 所示。按"确认"键输入。

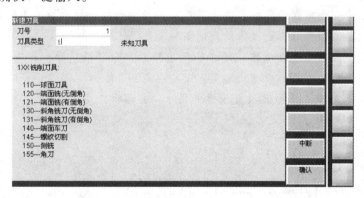

图 5-37 SIEMENS 810D 加工中心建立新刀具

2. 刀具补偿参数

刀具补偿分为刀具长度补偿、刀具半径补偿，参数表结构因刀具类型不同而不同。

按下列步骤输入刀补参数。移动光标到要修改的区域，输入数值，按"确认"键输入，如图 5-38 所示。

3. 输入/修改零点偏置值

通过操作软键参数→零点偏移，可以选择零点偏置。屏幕上显示可设定零点偏置的情况。把光标移到待修改的范围，输入数值，按"向下翻页"键，屏幕上显示下一页零点偏

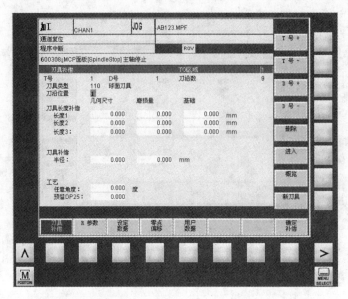

图 5-38　SIEMENS810D 加工中心刀具补偿参数设定

置窗：G55 和 G56。

习题与思考题

5-1　数控加工中零件的找正和普通机床加工中的找正有何异同？

5-2　试进行数控车床和数控铣床的试切对刀，并比较有何区别。

5-3　试进行开机操作；回参考点操作；手动换刀操作；超程解除操作。

5-4　数控机床回参考点操作的目的是什么？回参考点操作过程中有哪些注意事项？

5-5　试比较手动操作与步进操作的异同。

5-6　用手动方式回参考点操作，建立机床坐标系，分别用手动、步进方式将刀具移动到点 P（-100，-120，100）。

5-7　试用 MDI 功能，编写单段直线插补程序，并运行，观察其结果。

第六章 数控装置接口与连接

计算机数控装置（简称数控装置）的接口是数控装置与数控装置的功能部件（主轴模块、进给伺服模块、PLC 模块等）和机床进行信息传递、交换和控制的端口。接口在数控装置中占有重要的位置，不同功能模块与数控装置相连接，都要采用与其相应的输入/输出（I/O）接口电路。

接口电路的主要任务为：① 进行电平转换和功率放大。因为一般数控装置的信号是 TTL 逻辑电路产生的电平，而控制机床的信号则不一定是 TTL 电平，且负载较大，因此，要进行必要的信号电平转换和功率放大。② 提高数控装置的抗干扰性能，防止因外界的电磁干扰噪声而引起误动作。接口采用了光电耦合器件或继电器，避免信号的直接连接。

接口包括输入接口和输出接口。输入接口接收机床操作面板的各开关信号、按钮信号，机床上的限位开关信号及数控装置各个功能模块的运行状态信号；输出接口是将各种机床工作状态灯的信息送至机床操作面板上显示，将控制机床辅助动作信号送至电柜，从而控制机床主轴单元、刀库单元、液压单元、冷却单元等部件的继电器和接触器。

本章结合西门子 802C base line 和华中 HNC—21 数控装置，重点介绍数控装置的接口定义、数控装置的基本连线，以及数控装置与进给电动机驱动装置和主轴电动机变频器的连线等，使读者掌握数控机床控制系统的基本构成和维护方法。

第一节 数控装置的接口与系统构成

一、西门子 802C base line 数控装置的接线

SIEMENS 802C base line 系统是西门子公司专为简易数控机床开发的集 CNC 和 PLC 于一体的经济型控制系统。该系统的性能价格比较高，比较适合于经济型与普及型车、铣、磨床的控制，近年来在国产经济型、普及型数控机床上得到使用。SIEMENS 802 系列数控装置的共同特点是结构简单、体积小、可靠性高，此外系统软件功能也较完善。

SIEMENS 802S base line 和 802C base line 系统的 CNC 结构完全相同，可以进行 3 轴控制/3 轴联动；系统带有 ±10V 的主轴模拟量输出接口，可以连接具有模拟量输入功能的主轴驱动系统。两者的区别是 802S 系列采用步进电动机驱动，802C 系列采用交流伺服电动机驱动。

802S/C base line 系统由 LCD 显示单元、NC 键盘、机床操作面板单元（MCP）、NC 控制单元、DI/O（PLC 输入/输出单元）以及驱动系统等部分组成。

1. SIEMENS 802C 数控装置连接示例

SIEMENS 802C base line CNC 控制器与伺服驱动 SIMODRIVE 611U 和 1FK7 伺服电动机的连接，SIEMENS 802C base line CNC 控制器与伺服驱动 SIMODRIVE base line 和 1FK7 伺服电动机的连接，如图 6-1 ~ 图 6-3 所示。

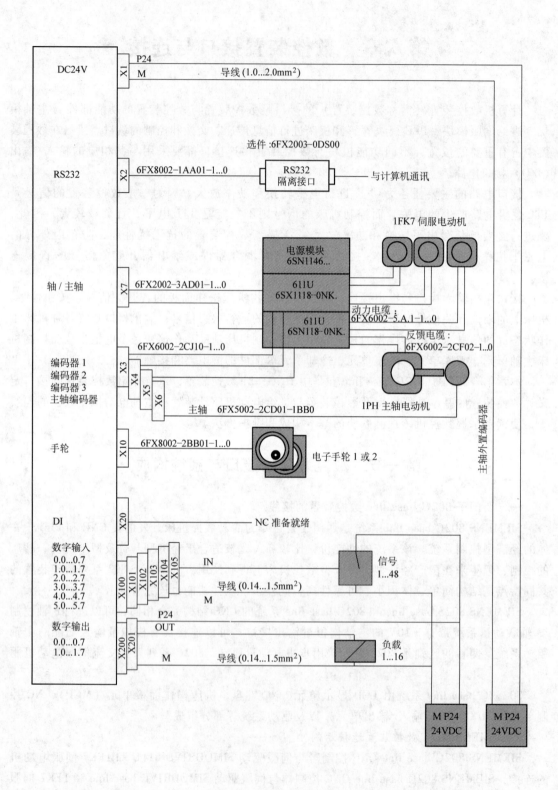

图 6-1　802C Base line 与伺服驱动器 SIMODRIVE 611 和 1FK7 伺服电动机的连接

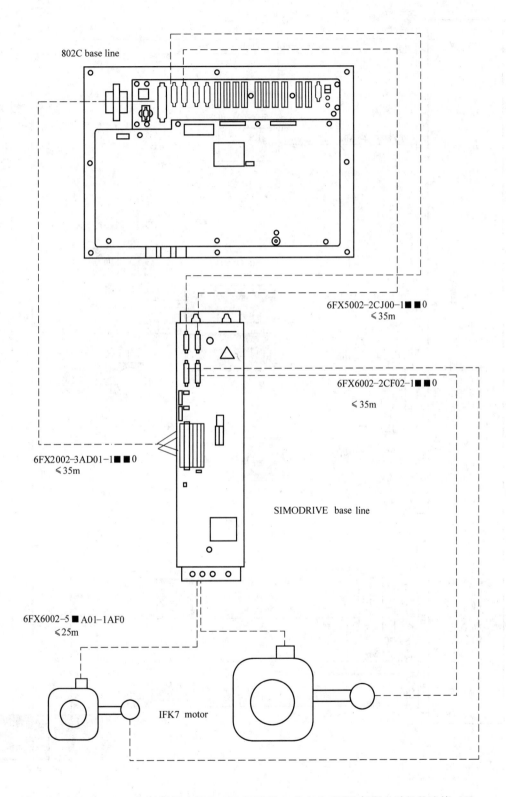

图 6-2 802C Base line 与伺服驱动器 SIMODRIVE Base line 和 1FK7 伺服电动机的连接（1）

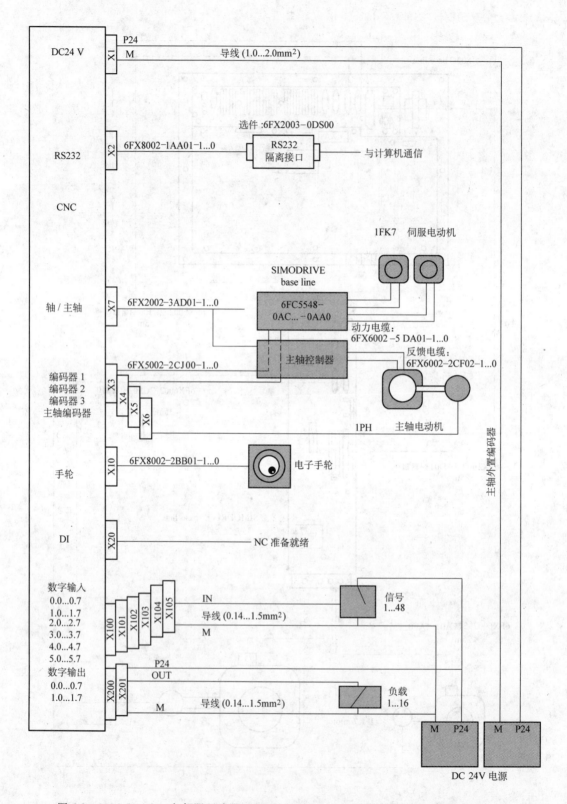

图 6-3　802C Base line 与伺服驱动器 SIMODRIVE Base line 和 1FK7 伺服电动机的连接（2）

2. 西门子 SIEMENS 802C base line 数控装置的接口

西门子 SIEMENS 802C base line 数控装置的接口布置如图 6-4 所示。

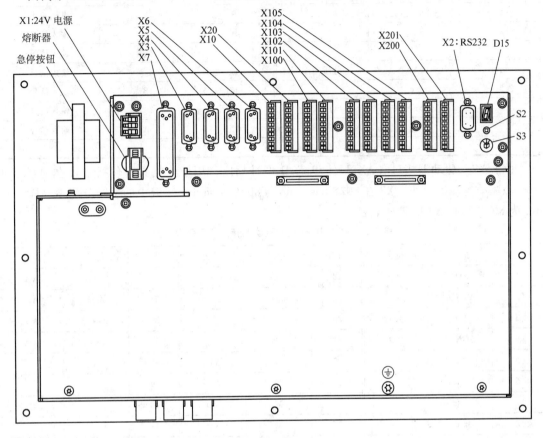

图 6-4　西门子 802C base line 接口示意图

（1）X1　电源接口（DC24V）。3 芯螺钉端子块，用于连接 24V 负载电源。

（2）X2　RS232 接口。9 芯 D 型插座。

数据通信（使用 WINPCIN 软件）或编写 PLC 程序时，使用 RS232 接口，如图 6-5 所示。

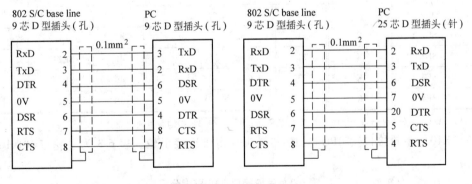

图 6-5　通信接口 X2

（3）编码器接口 X3 ~ X6　四个 15 芯 D 型孔插座，用于连接增量式编码器。X2 ~ X5 仅用于 SIEMENS 802C base line 编码器接口；X6 在 802C base line 中作为编码器 4 接口，在 802S base Line 中作为主轴编码器接口使用，见表 6-1。

表 6-1 编码器接口 X3 引脚分配（X4/X5/X6 相同）

引脚	信号	说明	引脚	信号	说明
1	n. c.		9	M	电压输出
2	n. c.		10	Z	输入信号
3	n. c.		11	Z_N	输入信号
4	P5EXT	电压输出	12	B_N	输入信号
5	n. c.		13	B	输入信号
6	P5EXT	电压输出	14	A_N	输入信号
7	M	电压输出	15	A	输入信号
8	n. c.				

（4）X7 驱动器接口（AXIS）。50 芯 D 型针插座，用于连接具有包括主轴在内最多 4 个模拟驱动的功率模块。X7 在 802S base line 与 802C base line 系统中的引脚分配不一样，表 6-2 为 802C 系列 X7 引脚分配表。

表 6-2 802C base line 驱动器接口 X7 引脚分配

引脚	信号	说明	引脚	信号	说明	引脚	信号	说明
1	AO1	AO	18	n. c.		34	AGND1	AO
2	AGND2	AO	19	n. c.		35	AO2	AO
3	AO3	AO	20	n. c.		36	AGND3	AO
4	AGND4	AO	21	n. c.		37	AO4	AO
5	n. c.		22	M	VO	38	n. c.	
6	n. c.		23	M	VO	39	n. c.	
7	n. c.		24	M	VO	40	n. c.	
8	n. c.		25	M	VO	41	n. c.	
9	n. c.		26	n. c.		42	n. c.	
10	n. c.		27	n. c.		43	n. c.	
11	n. c.		28	n. c.		44	n. c.	
12	n. c.		29	n. c.		45	n. c.	
13	n. c.		30	n. c.		46	n. c.	
14	SE1. 1	K	31	n. c.		47	SE1. 2	K
15	SE2. 1	K	32	n. c.		48	SE2. 2	K
16	SE3. 1	K	33	n. c.		49	SE3. 2	K
17	SE4. 1	K				50	SE4. 2	K

注：SE1.1/1.2～SE3.1/3.2：指伺服轴 $X/Y/Z$ 使能；SE4.1/4.2：指伺服主轴使能。

（5）X10 手轮接口（MPG）。10 芯插头，用于连接手轮。表 6-3 为手轮接口 X10 引脚分配表。

表 6-3 手轮接口 X10 引脚分配

引脚	信号	说明	引脚	信号	说明
1	A1 +	手轮 1 A 相 +	3	B1 +	手轮 1 B 相 +
2	A1 −	手轮 1 A 相 −	4	B1 −	手轮 1 B 相 −

（续）

引脚	信号	说明	引脚	信号	说明
5	P5V	+5Vdc	8	A2 –	手轮 2 B 相 –
6	GND	地	9	B2 +	手轮 2 B 相 +
7	A2 +	手轮 2 A 相 +	10	B2 –	手轮 2 B 相 –

（6）X20 数字输入（DI）。10 芯插头，通过 X20 可以连接 3 个接近开关，仅用于 802S base line 中。

（7）X100 ~ X105 10 芯插头，用于连接数字输入，共有 48 个数字输入接线端子。表 6-4 为数字输入接口 X100 ~ X105 引脚分配表。

表 6-4 数字输入接口 X100 ~ X105 引脚分配

引脚	信号	X100	X101	X102	X103	X104	X105
1	空						
2	输入	I0.0	I1.0	I2.0	I3.0	I4.0	I5.0
3	输入	I0.1	I1.1	I2.1	I3.1	I4.1	I5.1
4	输入	I0.2	I1.2	I2.2	I3.2	I4.2	I5.2
5	输入	I0.3	I1.3	I2.3	I3.3	I4.3	I5.3
6	输入	I0.4	I1.4	I2.4	I3.4	I4.4	I5.4
7	输入	I0.5	I1.5	I2.5	I3.5	I4.5	I5.5
8	输入	I0.6	I1.6	I2.6	I3.6	I4.6	I5.6
9	输入	I0.7	I1.7	I2.7	I3.7	I4.7	I5.7
10	M24						

（8）X200 ~ X201 10 芯插头，用于连接数字输出，共有 16 个数字输出接线端子。表 6-5 为数字输出接口 X200/201 引脚分配表。

表 6-5 数字输出接口 X200/201 引脚分配

引脚序号	信号说明	X200 地址	X201 地址
1	L +		
2	输出	Q0.0	Q1.0
3	输出	Q0.1	Q1.1
4	输出	Q0.2	Q1.2
5	输出	Q0.3	Q1.3
6	输出	Q0.4	Q1.4
7	输出	Q0.5	Q1.5
8	输出	Q0.6	Q1.6
9	输出	Q0.7	Q1.7
10	M24		

二、华中世纪星 HNC—21 数控装置的接线

"世纪星" HNC—21 系列数控单元（HNC—21T、HNC—21M）采用先进的开放式体系结构，内置嵌入式工业 PC 机，配置 7.5 英寸彩色液晶显示屏和通用工程面板，集进给轴接口、主轴接口、手持单元接口、内嵌式 PLC 接口于一体，支持硬盘、电子盘等程序存储方式以及软驱、DNC、以太网等程序交换功能，主要应用于车、铣、小型加工中心等设备。

1. 华中 HNC—21 数控装置连接示例

图 6-6 为使用华中 HNC—21 数控装置的数控设备连接示例,图 6-7 为其组成简图。

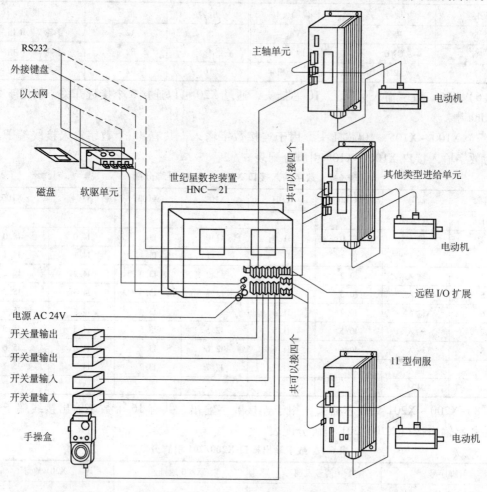

图 6-6   HNC—21 数控装置连接示例

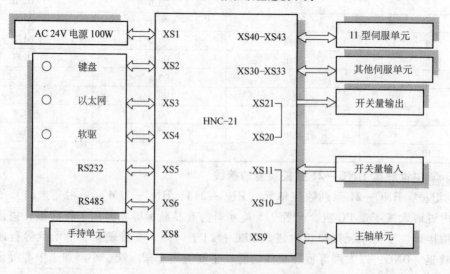

图 6-7   HNC—21 数控装置组成框图

2. 华中 HNC—21 数控装置的接口

华中 HNC—21 数控装置的接口布置如图 6-8 所示。

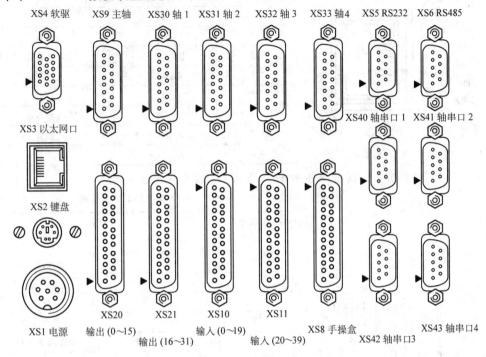

图 6-8 HNC—21 数控装置接口布置图

（1）XS1 电源接口，其管脚如图 6-9 所示，引脚分配见表 6-6。

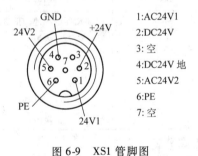

1:AC24V1
2:DC24V
3: 空
4:DC24V 地
5:AC24V2
6:PE
7: 空

图 6-9 XS1 管脚图

表 6-6 XS1 引脚分配

引脚号	信号名	说　明
1、5	AC24V1/2	交流 24V 电源
2	DC24V	直流 24V 电源
3	空	
4	DC24V	地
6	PE	地
7	空	

（2）XS2 PC 键盘接口，其管脚如图 6-10 所示，引脚分配见表 6-7。

表 6-7 XS2 引脚分配

1:DATA
2: 空
3:GND
4:VCC
5:CLOCK
6: 空

图 6-10 XS2 管脚图

引脚号	信号名	说　明
1	DATA	数据
2	空	
3	GND	电源地
4	VCC	电源
5	CLOCK	时钟
6	空	

（3）XS3 以太网接口，其管脚如图 6-11 所示，引脚分配见表 6-8。

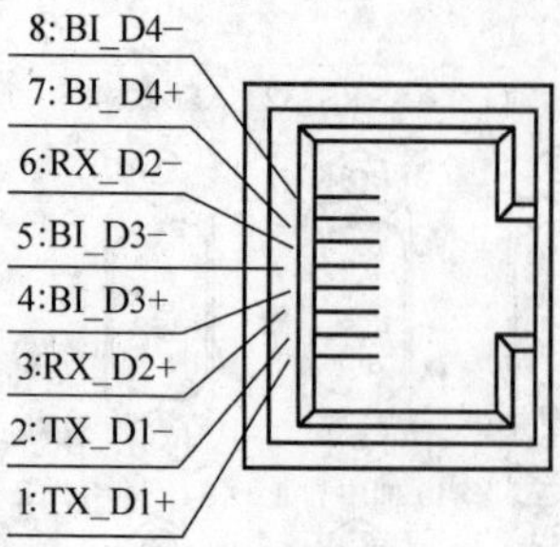

8: BI_D4−
7: BI_D4+
6: RX_D2−
5: BI_D3−
4: BI_D3+
3: RX_D2+
2: TX_D1−
1: TX_D1+

图 6-11　XS3 管脚图

表 6-8　XS3 引脚分配

引脚号	信号名	说　　明
1	TX_D1 +	发送数据
2	TX_D1 −	发送数据
3	RX_D2 +	接收数据
4	BI_D3 +	空置
5	BI_D3 −	空置
6	RX_D2 −	接收数据
7	BI_D4 +	空置
8	BI_D4 −	空置

（4）XS4　软驱接口，其管脚如图 6-12 所示，引脚分配见表 6-9。

表 6-9　XS4 引脚分配

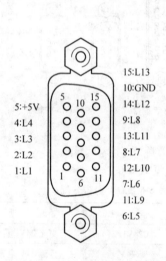

15:L13
10:GND
14:L12
9:L8
13:L11
8:L7
12:L10
7:L6
11:L9
6:L5

5:+5V
4:L4
3:L3
2:L2
1:L1

图 6-12　XS4 管脚图

引脚号	信号名	说　　明
1	L1	减小写电流
2	L2	驱动器选择 A
3	L3	写数据
4	L4	写保护
5	+ 5 V	驱动器电源
6	L5	驱动器 A 允许
7	L6	步进
8	L7	0 磁道
9	L8	盘面选择
10	GND	驱动器电源地、信号地
11	L9	索引
12	L10	方向
13	L11	写允许
14	L12	读数据
15	L13	更换磁盘

（5）XS5　RS232 接口，其管脚如图 6-13 所示，引脚分配见表 6-10。

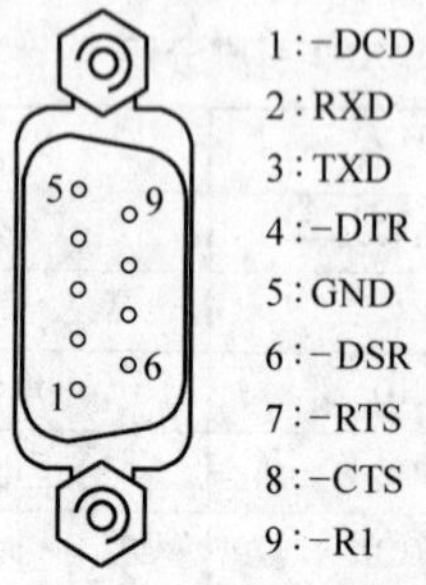

表 6-10　XS5 引脚分配

1 : −DCD
2 : RXD
3 : TXD
4 : −DTR
5 : GND
6 : −DSR
7 : −RTS
8 : −CTS
9 : −R1

图 6-13　XS5 管脚图

引脚号	信号名	说　　明
1	− DCD	载波检测
2	RXD	接收数据
3	TXD	发送数据
4	− DTR	数据终端准备好
5	GND	信号地
6	− DSR	数据装置准备好
7	− RTS	请求发送
8	− CTS	准许发送
9	− R1	振零指示

（6）XS6 远程 I/O 接口，其管脚如图 6-14 所示，引脚分配见表 6-11。

表 6-11 XS6 引脚分配

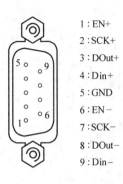

1 : EN+
2 : SCK+
3 : DOut+
4 : Din+
5 : GND
6 : EN−
7 : SCK−
8 : DOut−
9 : Din−

图 6-14 XS6 管脚图

引脚号	信号名	说　明
1	EN +	使能
2	SCK +	时钟
3	DOut +	数据输出
4	DIn +	数据输入
5	GND	地
6	EN −	使能
7	SCK −	时钟
8	DOut −	数据输出
9	Din −	数据输入

（7）XS8 手持单元接口，其管脚如图 6-15 所示，引脚分配见表 6-12。

表 6-12 XS8 引脚分配

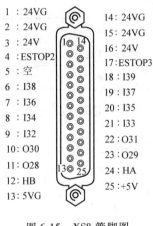

1 : 24VG
2 : 24VG
3 : 24V
4 : ESTOP2
5 : 空
6 : I38
7 : I36
8 : I34
9 : I32
10 : O30
11 : O28
12 : HB
13 : 5VG

14 : 24VG
15 : 24VG
16 : 24V
17 : ESTOP3
18 : I39
19 : I37
20 : I35
21 : I33
22 : O31
23 : O29
24 : HA
25 : +5V

图 6-15 XS8 管脚图

信号名	说　明
24V、24VG	DC24V 电源输出
ESTOP2	手持单元急停按钮
I32 ~ I39	手持单元输入开关量
O28 ~ O31	手持单元输出开关量
HA	手摇 A 相
HB	手摇 B 相
+5V、5VG	手摇 DC5V 电源

（8）XS9 主轴控制接口，其管脚如图 6-16 所示，引脚分配见表 6-13。

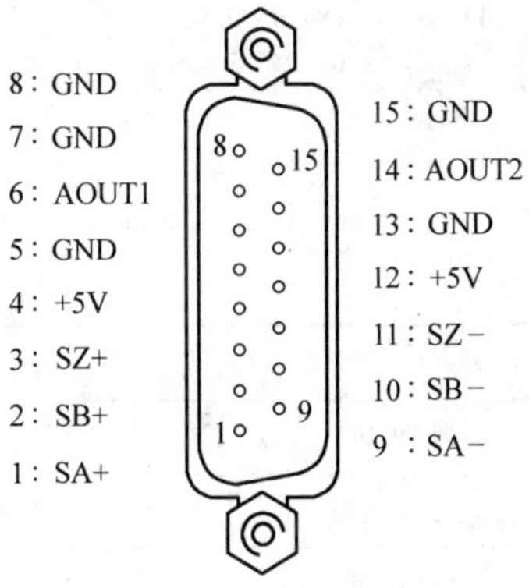

表 6-13 XS9 引脚分配

8 : GND
7 : GND
6 : AOUT1
5 : GND
4 : +5V
3 : SZ+
2 : SB+
1 : SA+

15 : GND
14 : AOUT2
13 : GND
12 : +5V
11 : SZ−
10 : SB−
9 : SA−

图 6-16 XS9 管脚图

信号名	说　明
SA +、SA −	主轴码盘 A 相位反馈信号
SB +、SB −	主轴码盘 B 相位反馈信号
SZ +、SZ −	主轴码盘 Z 脉冲反馈
+5V、GND	DC5V 电源
AOUT1、AOUT2	主轴模拟量指令输出
GND	模拟量输出地

（9）XS10/XS11 开关量输入接口，其管脚如图 6-17 所示，引脚分配见表 6-14。

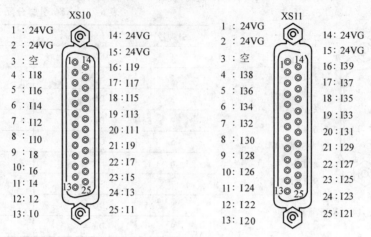

图 6-17 XS10/XS11 管脚图

表 6-14 XS10/XS11 引脚分配

信 号 名	说 明
24VG	外部开关量 DC24V 电源地
I0 ~ I39	输入开关量

（10）XS20/XS21 开关量输出接口，其管脚如图 6-18 所示，引脚分配见表 6-15。

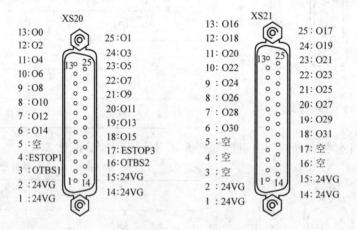

图 6-18 XS20/XS21 管脚图

表 6-15 XS20/XS21 引脚分配

信 号 名	说 明
24VG	外部开关量 DC24V 电源地
O0 ~ O31	输出开关量
ESTOP1	急停按钮
OTBS1，OTBS2	超程解除按钮

（11）XS30 ~ XS33　进给轴控制接口，模拟式、脉冲式伺服和步进电动机驱动单元控制接口，其管脚如图6-19所示，引脚分配见表6-16。

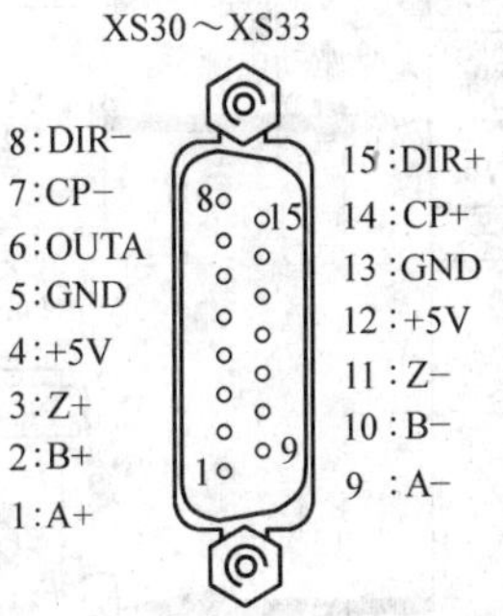

表 6-16　XS30 ~ XS33 引脚分配

信 号 名	说 明
A +、A -	码盘 A 相位反馈信号
B +、B -	码盘 B 相位反馈信号
Z +、Z -	码盘 Z 脉冲反馈信号
+5V，GND	DC5V 电源
OUTA	模拟电压输出
CP +、CP -	输出指令脉冲
DIR +、DIR -	输出指令方向（+）

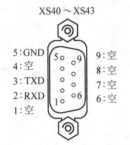

XS30 ~ XS33

8:DIR-　　15:DIR+
7:CP-　　14:CP+
6:OUTA　　13:GND
5:GND　　12:+5V
4:+5V　　11:Z-
3:Z+　　10:B-
2:B+　　9:A-
1:A+

图 6-19　XS30 ~ XS33 管脚图

（12）XS40 ~ XS43　11 型（HSV—11D）伺服控制接口（RS232 串口），其管脚如图6-20所示，引脚分配见表6-17。

表 6-17　XS40 ~ XS43 引脚分配

信 号 名	说 明
TXD	数据发送
RXD	数据接收
GND	信号地

XS40 ~ XS43

5:GND　　9:空
4:空　　8:空
3:TXD　　7:空
2:RXD　　6:空
1:空

图 6-20　XS40 ~ XS43 管脚图

第二节　进给驱动装置的接口

进给驱动装置根据来自 CNC 的指令，按照一定规律控制电动机的运行，以满足数控机床工作的要求。因此进给驱动装置至少应具有工作电源接口、接收 CNC 或其他设备指令信号接口以及控制电动机运行的接口，这些都是最基本的接口。以步进电动机驱动器接线为例，图 6-21 为步进电动机驱动器（SH—50806A）与数控装置的基本接线图。此外，为了伺服系统的安全，进给驱动装置一般还应具有输出工作状态信息和报警信号的接口；为了方便，有些进给驱动装置还提供了通信接口等。图 6-22 为一交流伺服驱动装置设备连接示例。

按连接对象的不同，可分为 CNC 及 PLC 接口、电动机接口、外部设备接口等。

按功能的不同，可分为指令接口、控制接口、状态接口、安全互锁接口、通信接口、显示接口等。

根据接口信号的电压高低，可分为高压电源接口、低压电源接口、无源接口。

根据接口信号的类型，可分为开关量接口和模拟量接口。

下面将按功能的不同对进给驱动装置的常用接口分别进行介绍。这些接口不是所有进给驱动装置中都一定具备的。

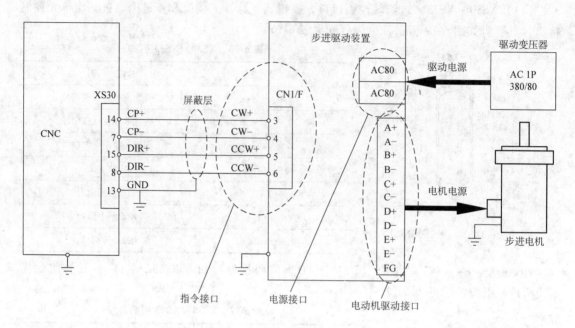

图 6-21 步进电动机驱动装置与 CNC 的基本连接

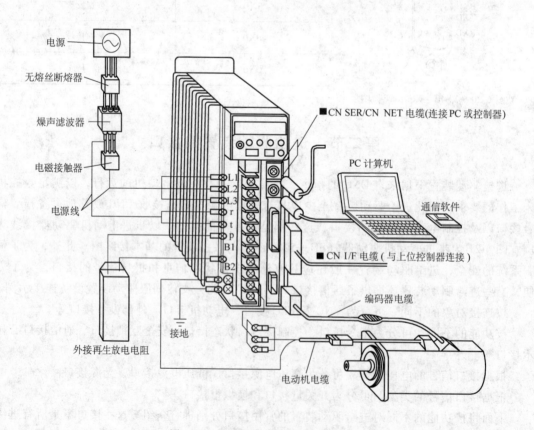

图 6-22 进给驱动装置设备连接示例

一、电源接口

进给驱动装置的电源一般有动力电源和逻辑电路电源，对于交流伺服进给驱动装置还需要控制电源。动力电源是指进给驱动装置用于驱动电动机运转的电源，逻辑电路电源是指给驱动装置的开关量、模拟量等逻辑接口电路工作或电平匹配所需的电源，一般为直流24V，也有采用直流12V或5V；控制电源是指进给驱动装置自身的控制板卡、面板显示等内部电路工作用的电源，一般为单相，对于步进驱动装置，该部分电源与动力电源共用。

习惯上进给驱动装置的电源是指其动力电源。进给驱动装置的动力电源种类很多，从三相交流460V到直流24V甚至更低，交流伺服驱动装置典型的供电方式是三相交流200V。步进电动机驱动器一般采用单相交流电源或直流电源，对于采用直流电源的步进电动机驱动装置，允许的电源电压的范围都比较宽，步进驱动装置一般不推荐使用稳压电源和开关电源。伺服驱动装置的电源一般允许在额定值的15%的范围内变化。例如，对于采用三相交流200V的伺服驱动装置，允许电源电压的范围是200~230V。

使用交流电源的进给驱动装置一般由隔离变压器供电，以提高抗干扰能力和减小对其他设备的干扰，有时还需要增加电抗器以减小电动机起动/停止时对电源和电源控制器件的冲击，电源干扰较强时还要增加高压瓷片电容、磁环、低通滤波器等。进给驱动装置典型供电线路如图6-23所示。

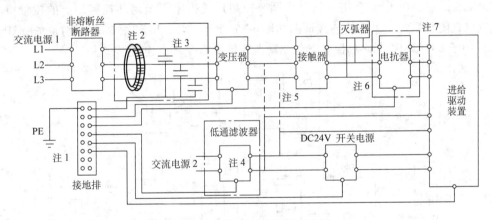

图 6-23　进给驱动装置供电示例

注：1. 整机必须可靠接地，接地电阻小于4Ω，并在控制柜内最近的位置接入PE接地排；各器件的接地端应单独接到接地排端子上。
   2. 电源线在磁环上绕3~5圈。
   3. 电源线进入变压器之前，相线与地之间接入高压瓷片电容，可有效减少电源线上的干扰信号。
   4. 采用低通滤波器可有效减少电源中的高频干扰信号。
   5. 进给驱动装置的控制电源可以由另外的隔离变压器供电，也可从伺服变压器取一相电源供电。
   6. 大电感负载（交流接触器线圈、电磁阀线圈等）要采用RC电路吸收因线圈断电而产生的高压反电动势，保护电子设备。
   7. 虚线框内为非必须的抗干扰措施。

交流伺服驱动装置具有电源模块和控制模块两部分，有些交流伺服驱动模块这两部分是集成在一起的，有些则采用分离的方式，即几个控制模块（有些产品还包括主轴控制模块）共用一个电源模块，此时也称控制模块为进给驱动装置，这种方式对于坐标轴数较多的数控设备要经济些。根据电源模块和电动机功率的不同，一个电源模块可以连接1~5个控制模块，如图6-24所示。

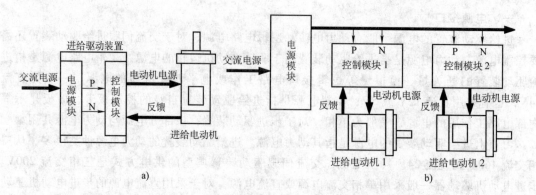

图 6-24　进给驱动装置电源与控制模块的关系
a）集成式　b）分离式

二、指令接口

进给驱动装置一般采用脉冲接口或模拟量接口作为接收 CNC 指令信号的接口，有些还提供通信或总线的方式作为指令接口。

1. 模拟量指令接口

模拟量指令接口一般用于交流伺服进给驱动装置。采用模拟量指令时，进给驱动装置工作在速度模式下，由 CNC 和电动机（半闭环控制）或机床（全闭环控制）上的位置检测元件组成位置闭环系统，系统的连接框图如图 6-25 所示。图 6-26 和图 6-27 分别是华中 HNC—21 和西门子 802C base line 数控装置与驱动器模拟量指令接口连接形式。

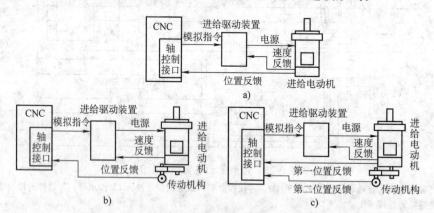

图 6-25　模拟量指令接口数控装置连接框图
a）半闭环　b）全闭环　c）混合闭环

模拟量指令分为模拟电压指令和模拟电流指令两种。模拟量指令输入接口原理如图 6-28 所示，一般电压指令的范围是 −10 ~ +10V；电流指令的范围是 −20 ~ +20mA。电压指令在远距离传输时衰减比较明显，因此，若驱动装置两种指令可选，则推荐使用或设定模拟电流指令接口。

2. 脉冲指令接口

脉冲指令接口最初被用于步进驱动装置。目前，市场销售的通用交流伺服驱动装置一般也都采用或提供脉冲指令接口，接口电路原理如图 6-29 所示。外部输入电路有长线驱动和集电极开路两种形式。

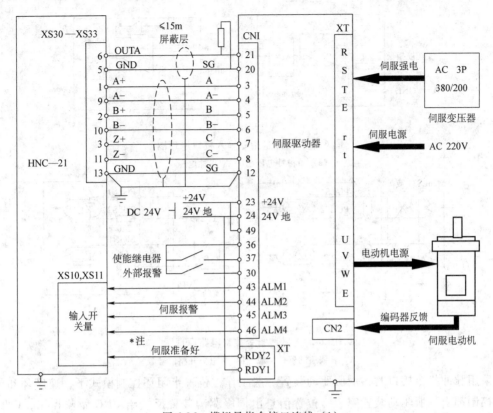

图 6-26　模拟量指令接口连线（1）

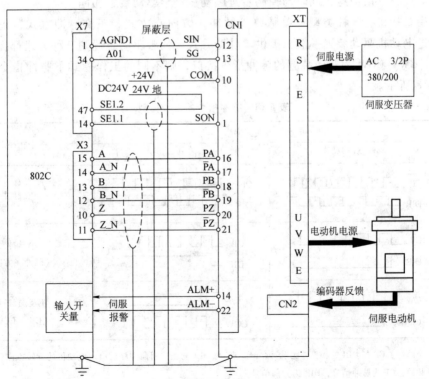

图 6-27　模拟量指令接口连线（2）

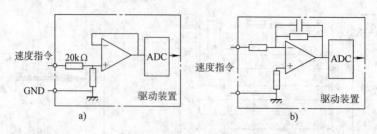

图 6-28　模拟量指令输入接口原理图

a）单极性电压　b）双极性电压

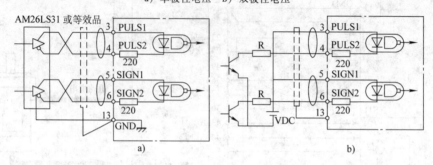

图 6-29　脉冲指令接口电路原理图

a）长线驱动器信号源　b）集电极开路信号源

采用脉冲指令接口时，伺服驱动装置一般工作在位置半闭环控制模式下，速度环和位置环的控制都由伺服驱动装置完成。位置信息由伺服驱动装置反馈给 CNC 做监控用，CNC 也可以不读取位置反馈信息，此时与控制步进电动机进给驱动装置相同。

脉冲指令接口有 3 种类型：单脉冲（脉冲 + 方向）方式，正交脉冲方式，正反向脉冲方式。步进电动机驱动装置一般只提供单脉冲方式，伺服驱动装置则三种方式都提供。假设 CP、DIR、CW、CCW 为驱动装置的脉冲指令接口，则不同的工作模式下脉冲指令信号的含义如表 6-18 所示。

表 6-18　脉冲指令的三种类型

序号	电动机旋转方向		指令脉冲形式
	顺时针旋转	逆时针旋转	
1	CP ⊓⊔⊓⊔ DIR ⊓⊔⊓⊔	CP ⊓⊔⊓⊔ DIR ⊔⊓⊔⊓	正交脉冲[①]
2	CP ⊓⊔⊓⊔ DIR ‾‾‾	CP ⊓⊔⊓⊔ DIR ___	单脉冲[②]（脉冲 + 方向）
3	CW ⊓⊔⊓⊔ CCW ___	CW ‾‾‾ CCW ⊓⊔⊓⊔	正反向脉冲[③]（CW + CCW）

① 正交脉冲：CP 与 DIR 的相位差为脉冲信号，CP 与 DIR 的相位超前和滞后决定电动机的旋转方向。

② 单脉冲：CP 为脉冲信号，DIR 为方向信号。

③ 正反相脉冲：CW 为正脉冲信号，CCW 为反脉冲信号。

图 6-30 是采用脉冲指令接口的连接图实例。

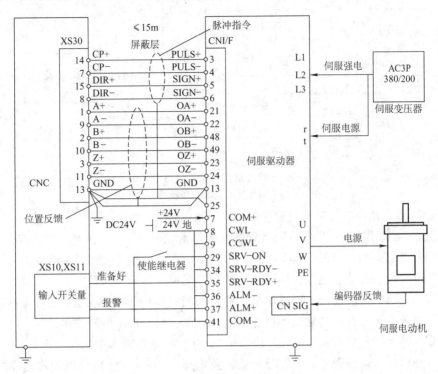

图 6-30　脉冲指令接口连线

3. 通信指令接口

在图 6-30 中，CNC 通过内置式 PLC 的输入开关量接口可以获取进给驱动装置"准备好"和"报警"两种状态，若要获得具体的报警内容等更多的信息，则需要占用更多的 PLC 输入接口。因此，为了增加 CNC 对进给驱动装置的管理功能，以及其他一些特殊功能，有些进给驱动装置提供了通信指令接口及相应的编程说明。常用的通信指令接口有 RS232C、RS422、RS485 等类型，采用该方式控制进给驱动装置时，数控装置和进给驱动装置之间只要一根通信线即可完成对进给驱动装置的所有控制，还可以获得驱动装置的工作状态信息、电动机实际位置反馈、报警信息。

这种方式的使用难度较大，一般与进给驱动装置生产厂家的数控装置结合使用。

4. 总线式指令接口

总线式指令接口采用串联的方式连接，在数控装置侧只需一个总线即可，接线更加简单。总线指令接口有 PROFIBUS 总线、CAN 总线等。

三、控制接口

控制接口对进给驱动装置而言是输入信号接口，用于接收 CNC、PLC 以及其他设备的控制指令，以便调整驱动装置的工作状态、工作特性或对驱动装置和电动机驱动的机床设备进行保护。控制接口有开关信号接口和模拟电压信号接口两种，其中开关信号接口典型的电路如图 6-31 所示，输入输出常采用光电隔离接口。信号源可以是开关、继电器触点（图 6-31 中的①）或集电极开路的晶体管（图 6-31 中的②）。

控制接口常用的信号有：

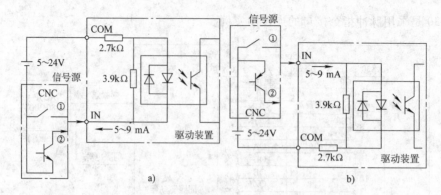

图 6-31 开关量控制信号接口原理图

a) NPN 接口 b) PNP 接口

1）伺服 ON：允许进给驱动装置接收指令开始工作。

2）复位（清除报警）：进给驱动装置恢复到初始状态（清除可自恢复性故障）。

3）控制方式选择：允许进给驱动装置在两种工作方式之间切换，这两种工作方式可以通过参数在位置控制模式、速度控制模式、转矩控制模式中任选两种。

4）CCW 驱动禁止输入和 CW 驱动禁止输入：当机床的移动部分正/反向超程时，CCW 和 CW 信号与公共端断开，电动机不产生转矩，可以应用于机床的限位保护。

5）CCW 转矩限制输入和 CW 转矩限制输入：CCW 端子输入正电压（0 ~ +10V）可以限制电动机逆时针方向的转矩，CW 端子输入负电压（0 ~ -10V）可以限制电动机顺时针方向的转矩。

在进给驱动装置内，可以通过参数设置对控制接口的各位信号作如下设定：

1）设定某位控制接口信号是否有效。

2）设定某位控制接口信号是常闭有效还是常开有效。

3）修改某位控制接口信号的含义。

因此这些接口又称为多功能输入接口。

四、状态与安全报警接口

状态与安全报警接口对进给驱动装置而言是输出信号接口，用于向 CNC、PLC 以及其他设备输出驱动装置的工作状态。常用状态与安全报警接口有晶体管电路输出、无源接点输出和模拟信号输出三种，典型的电路原理如图 6-32 所示。当输出信号接口与外部接触器和继电器的控制线圈相连时，应注意连接保护电路（交流感性负载采用并接 RC 浪涌抑制器，直流感性负载采用并接续流二极管）。

状态与安全报警接口常用的信号有：

1）伺服准备好：驱动装置工作正常。

2）伺服报警、故障：驱动装置、电动机、位置检测元件等工作不正常。

3）位置到达：位置指令完成。

4）零速检测：电动机速度为零。

5）速度到达：速度指令完成。

6）速度监视：以与电动机速度线性对应的关系输出模拟电压。

7）转矩监视：以与电动机转矩线性对应的关系输出模拟电压。

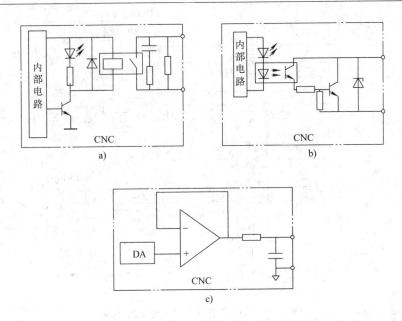

图 6-32　状态与安全报警输出接口原理示意图

a）无源接点输出　b）晶体管电路输出　c）模拟信号输出

五、反馈接口

1. 来自位置、速度检测元件反馈接口

检测元件一般有增量式光电编码器、旋转变压器、光栅、绝对式光电编码器等，图 6-33 为外部反馈装置与驱动装置连接的原理图。对于增量式光电编码器、旋转变压器和光栅一般采用直接连接的方式，进给驱动装置提供检测元件的电源电压通常为 +5V，额定电流小于 500mA。若检测元件额定电流超过 500mA 或与驱动装置距离太远，应采用外置电源。图 6-34 为编码器与松下 MINAS 系列驱动器的连接方法。有闭环功能的驱动装置具备两个反馈输入接口，例如驱动装置分别采用电动机轴上的绝对式编码器和机床上的光栅，构成混合闭环控制。

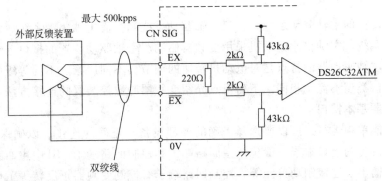

图 6-33　外部反馈装置与驱动器的连接原理图

2. 输出到 CNC 装置反馈接口

一般将来自检测元件的信号分频或倍频后用长线驱动器（差分）电路输出。

六、通信接口

常用的通信接口有 RS232C、RS422、RS485、以太网接口以及厂家自定义接口等。利用

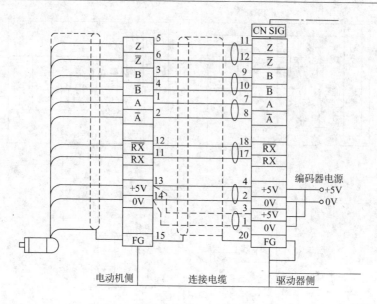

图 6-34　增量式编码器与驱动器的连接

通信接口可以实现如下功能：

1）查看和设置驱动装置的参数和运行方式。

2）监视驱动装置的运行状态，包括端子状态、电流波形、电压波形、速度波形等。

3）实现网络化远程监控和远程调试功能。

七、电动机电源接口

电动机电源接口一般采用端子的形式，小功率电动机也会采用插接件的形式。伺服电动机输出线号一般为 U、V、W；步进电动机为 A＋、A－、B＋、B－（两相电动机），A＋、A－、B＋、B－、C＋、C－（三相电动机），A、B、C、D、E（五相电动机）等。

第三节　主轴驱动装置的接口

数控机床使用的主轴驱动系统有直流主轴驱动系统和交流主轴驱动系统，目前主要采用交流主轴驱动系统。主轴交流电动机采用变频器驱动。主轴驱动装置的接口与进给驱动装置有许多类似，主轴驱动器的特点是对电动机转速的调节，不同厂家、不同等级的主轴驱动装置所包含的接口类型不完全相同。下面重点介绍变频器与数控装置的连接方法。

一、变频器基本接口

变频器不能单独运行，所以要选择正确的外部设备、正确的连接，以确保正确的操作。变频器与外部设备的接口端子一般包括主回路端子和控制回路端子，其中主回路端子有电源输入、变频器输出、连接制动单元等，控制回路端子有控制变频器正反转等工作状态的输入信号、速度设定信号、变频器运行状态的输出信号以及通信信号等。图 6-35 是主轴驱动装置（变频器）最基本的接口图。

1. 主回路部分

R、S、T 为三相交流 380V 电源输入端子，U、V、W 为变频器驱动电动机的三相交流电源输出端子，P（＋）、PB（－）为外接制动电阻接线端子。

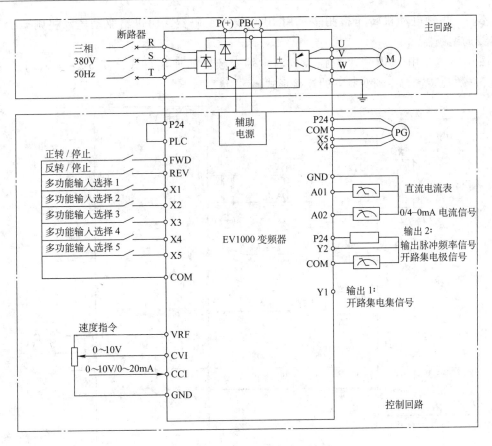

图 6-35　变频器的基本接口端子

2. 控制回路部分

速度指令输入端子：VCI 端子接收模拟电压，CCI 端子接收模拟电压或电流（由跳线开关选择输入信号形式）。在数控机床上一般由数控装置或 PLC 的模拟接口输出模拟量控制，指令信号范围为 0～10V 的电压信号或为 0～20mA 的电流信号。

模拟输出端子：AO1、AO2 可外接模拟表指示多种物理量，指示的物理量由跳线开关选择。

数字输入端子：FWD 为电动机正转运行命令端子；REV 为电动机反转运行端子；X1～X5 为变频器多功能输入端子，可通过设置功能参数来定义其作用。X4 和 X5 除可作为普通多功能端子使用外，还可编程作为高速脉冲输入端子。

二、数控装置与变频器的连接

1. 电动机运行指令

由于进给电动机主要用于位置控制，因而进给驱动装置一般采用脉冲信号作为指令输入，控制电动机的旋转速度和方向，而不提供单独的开关量接口控制电动机的旋转方向。主轴电动机主要用于速度控制，因此主轴驱动装置一般采用模拟电压/电流作为速度指令，由开关量信号控制旋转方向。

2. 反馈接口

由于主轴对位置控制精度的要求并不高，因此对与位置控制精度密切相关的反馈装置要求也不高，主轴电动机转速检测多采用 1000 线的编码器，而进给驱动电动机则至少采用 2000 线的编码器。

图 6-36 为华中 HNC—21 数控装置与主轴变频器的连接形式，图 6-37 为西门子 802C base line 数控装置与主轴变频器的连接形式。

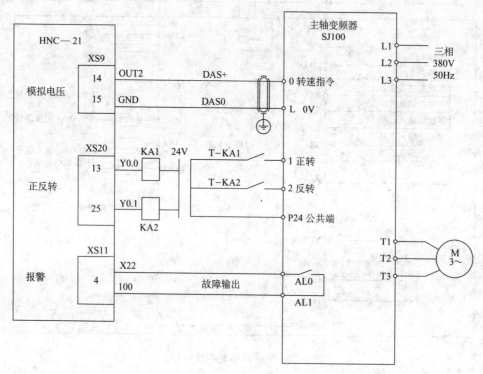

图 6-36　数控装置与主轴变频器连线（1）

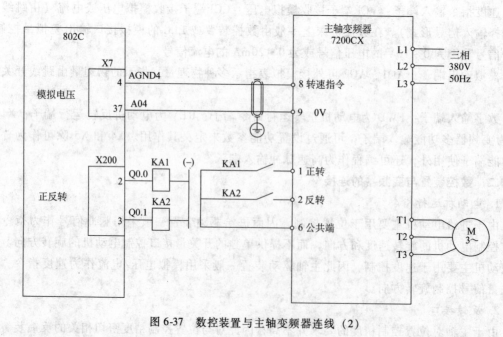

图 6-37　数控装置与主轴变频器连线（2）

习题与思考题

6-1　计算机数控装置由哪几部分组成？各有什么作用？

6-2　数控装置接口电路的主要任务是什么？

6-3　华中 HNC—21 数控装置具有哪些常用接口？其作用是什么？

6-4　西门子 802C base line 数控装置具有哪些常用接口？其作用是什么？

6-5　进给驱动装置主要有哪些指令接口类型？

6-6　数控装置与步进电动机驱动器之间常用连接信号有哪些？其作用是什么？

6-7　脉冲指令的方式有哪些？

6-8　数控装置与主轴变频器常用连接信号有哪些？其作用是什么？

第七章 数控装置基本调试功能

系统的数据支持数控机床的正常运行，如果系统数据丢失，系统将不会正常工作，会造成死机。出现这种现象时，应将数据通过系统的 RS232C 异步通信接口将程序、数据输入到系统存储器内。数控机床在使用中也可通过上述办法将机床数据传输出来，制作机床数据和其他程序备份。

数控机床使用中最重要的还要掌握数控装置的报警信息，以及系统的基本输入输出端口信号功能。很多数控装置都有 PLC 输入、输出状态显示功能，利用这些功能，可以直接在线观察 PLC 输入和输出的瞬时状态，这些状态的在线检测对诊断数控机床的很多故障是非常有用的。

本章结合西门子 802C base line 和华中 HNC—21 数控装置，介绍数控装置的数据保存、数据传输、数控装置的 PLC 地址定义、输入输出端口状态查询等内容，使读者了解数控装置使用中的基本调试方法。

第一节 西门子 802C base line 数控装置的启动

一、系统的启动方式

在 SIEMENS 802S/C base line 数控装置内，有静态存储器 SRAM 与高速闪存 FLASH ROM 两种存储器。静态存储器区存放工作数据（可修改）；高速闪存区存放固定数据，通常作为数据备区、出厂数据区、PLC 程序和文本区等，以及存放系统程序。

启动方式分为方式 0（正常上电启动）、方式 1（缺省值上电启动）、方式 3（按存储数据上电启动）三种，如图 7-1 所示。

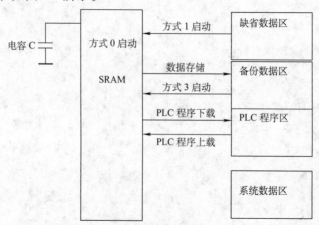

图 7-1 系统启动方式

（1）方式 0，正常上电启动 即以静态存储器区的数据启动。正常上电启动时，系统检测静态存储器，当发现静态存储器掉电时，如果做过内部数据备份，系统自动将备份数据装入工作数据区后启动；如果没有备份，系统会将出厂数据区的数据写入工作数据区后启动。

（2）方式1，缺省值上电启动　以 SIEMENS 出厂数据启动，制造商机床数据被覆盖。启动时，出厂数据写入静态存储器的工作数据区后启动，启动完成后显示04060已经装载标准机床数据报警，复位后可清除报警。

（3）方式3，按存储数据上电启动　以高速闪存 FLASH ROM 内的备份数据启动。启动时，备份数据写入静态存储器的工作数据区后启动，启动完成后显示04062已经装载备份数据报警，复位后可清除报警。

二、802C base line 系统的冷启动与热启动

（1）冷启动（即直接给系统加 DC24V 电源的系统启动）　冷启动的三种启动方式是通过系统上的 S3 方式选择开关选择，即 S1 方式开关位于 0 位上，启动为方式 0，正常上电启动；S3 方式开关位于 1 位上，启动为方式 1，缺省值上电启动；S1 方式开关位于 3 位上，启动为方式 3，按存储数据上电启动。

（2）热启动（即系统已在运行，通过面板选择系统重新启动）　热启动的三种启动方式是通过系统软键选择，如图 7-2 所示。

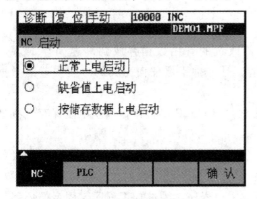

图 7-2　系统热启动窗口

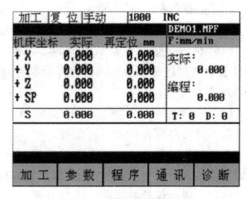

图 7-3　系统操作功能画面

三、系统启动步骤

1. 冷启动

步骤一：在系统断电情况下，通过系统 ECU 上面的 S3 选择开关进行选择。S3 开关指向 0 位选择启动方式 0（正常上电启动），S3 开关指向 1 位选择启动方式 1（缺省值上电启动），S3 开关指向 3 位选择启动方式 3（按存储数据上电启动）。

步骤二：给系统加电，系统按 S3 开关所选启动方式启动。

步骤三：启动完毕后，将 S3 选择开关指向 0 位。

2. 热启动

步骤一：按"区域转换"键，进入操作区域的主菜单，如图 7-3 所示。

步骤二：按"诊断"功能菜单键，进入诊断操作区域，如图 7-4 所示。

步骤三：按"调试"功能菜单键，如图 7-5 所示。

步骤四：按"调试开关"功能菜单键，如图 7-2 所示。

步骤五：通过光标向上键或光标向下键选择 NC 启动的方式，有正常上电启动、缺省值上电启动、按存储数据上电启动三种启动方式。

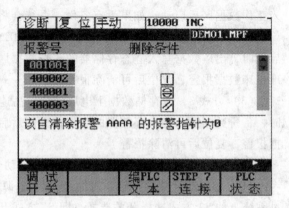

图 7-4　系统诊断功能画面　　　　图 7-5　系统调试功能画面

第二节　西门子数控装置与计算机间的数据传送

一、数据保护

数据保护分为机内存储和机外存储两种：

（1）机内存储　将静态存储器 SRAM 区已修改过的有用数据存放到高速闪存 FLASH ROM 备份数据区保存。机内存储即数据存储功能，是一种不需任何工具的方便快速的数据保护方法。

（2）机外存储　将静态存储器 SRAM 区数据通过 RS232C 串行口传输至电脑保存。机外存储数据分为系列备份和分区备份。

系列备份是将系统的所有数据都按照一定序列全部传输备份并含有一些操作指令（如初始化系统、重新启动系统等），其中数据包括：机床数据、设定数据、R 参数、刀具参数、零点偏移、螺距误差补偿值、用户报警文本、PLC 用户程序、零件加工程序、固定循环等。

系列备份的优点是备份方便，只需传输保存一个文件就可以。但其中包含一些特殊指令，不同版本的系统间一般不能通用。

分区备份是将系统的各种数据分类进行传输备份。可分为四类，每一类都可分别传输备份，1 类为零件程序和子程序…；2 类为标准循环…；3 类为数据…；4 类为 PLC 应用。其中带"…"符号的类别中又可以选择某一程序、循环或数据。1 类程序和 2 类循环根据用户使用不同，其中包含的程序和循环而不同，这些程序和循环可单独分程序或循环传输备份。3 类数据内包含机器数据、设置数据、刀具数据、R 参数、零点偏移、丝杠误差补偿 6 个子类，这 6 个子类又可单独分类传输备份。

分区备份的优点是备份的文件不分版本，可以通用，方便制造商使用。但其备份文件很多，如备份不全就不能完全恢复系统。

二、数据存储（机内存储）

从以上介绍，我们了解到 802C base line 系统数据存储的重要性。用户在数据修改以后（任何数据），最好都作数据存储操作。

数据存储具体操作步骤：

步骤一：按"区域转换"键，进入操作区域的主菜单，如图 7-3 所示。

步骤二：按"诊断"功能菜单键，进入诊断操作区域，如图 7-4 所示。

步骤三：按"调试"功能菜单键，如图 7-5 所示。

步骤四：按"菜单扩展"键，出现数据存储菜单功能，如图 7-6 所示。

步骤五：按"确认"菜单键，系统进行数据备份，屏幕提示别操作、别断电。

三、试车数据传输（机外存储）

802C base line 数控装置具有 RS232 接口，可与外部计算机进行数据通讯。

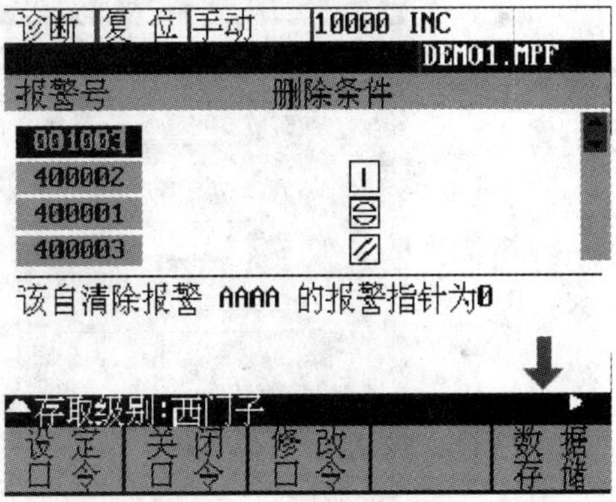

图 7-6　系统调试功能扩展菜单

1. 试车数据从系统输出至计算机

计算机上安装西门子数控专用数据通讯软件 WINPCIN，设置好接口数据类型（与 802C base line 系统侧一致），在"Receive Data"菜单下选择好数据要保存的目录和文件名，按回车键输入开始，等待 802C base line 系统的数据。

802C base line 系统侧，打开制造商口令。在主菜单下选择"通讯"操作区域，设置好接口数据（与电脑侧 WINPCIN 相对应），选择要输出的数据（试车数据），按"输出启动"菜单键后，试车数据从 802C base line 系统传输至电脑，作外部数据保存。

备份试车数据至电脑具体操作步骤：

步骤一：连接 RS232 标准通讯电缆。

步骤二：802C base line 系统上，按"区域转换"键，选择"通讯"功能软菜单键，按"RS232 设置"软菜单键如图 7-7 所示，进入通讯接口参数设置画面，用光标向上键或光标向下键进行参数选择，通过"选择/转换"键改变参数设定值，按"确认"软菜单键，如图 7-8 所示。

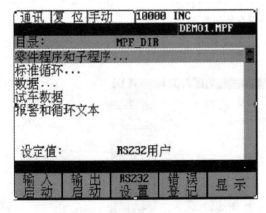

图 7-7　"通讯"功能画面

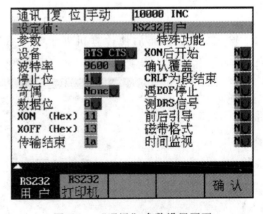

图 7-8　"通讯"参数设置画面

步骤三：计算机端启动 WINPCIN 软件，选择二进制格式，并设置接口参数，如图 7-9 所示。点击"Save & Activate"保存并激活设定的通讯接口参数，点击"Back"返回数据接收功能。

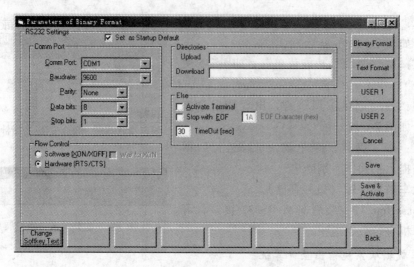

图 7-9　WINPCIN 通讯参数设置画面

步骤四：在 WINPCIN 软件中点击"Receive Data"按钮，出现选择接收文件名对话框，指定数据保存路径和文件名，如图 7-10 所示。

图 7-10　数据文件保存路径画面

输入文件名回车后使计算机处于等待状态（在此之前接口已设定好通讯格式），如图 7-11所示。

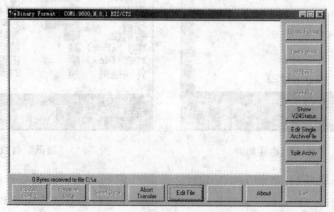

图 7-11　计算机接收数据画面

步骤五：在 802C base line 系统上"通讯"功能中通过上下光标移动键选择至试车数据一行，按"输出启动"软菜单键。

步骤六：在传输时，在 802C base line 系统上会有字节数变化以表示正在传输进行中，可以用"停止"软菜单键停止传输。在电脑 WINPCIN 中，会有字节数变化表示传输正在进行中，可以点击"Abort"停止传输。

步骤七：传输结束时，在 802C base line 上会自动返回原画面，在电脑 WINPCIN 中，有时会自动停止，有时需点击按钮停止传输。

2. 恢复试车数据（由电脑输入至系统）

802C base line 系统侧，打开制造商口令。在主菜单下选择"通讯"操作区域，设置好通讯接口参数，并按"输入启动"菜单，等待数据读入。读入试车数据后，系统需要进行一次确认操作。

电脑侧，打开 WINPCIN 软件，设置相一致的通讯接口参数，按"Send Data"并选择要输出的数据文件，按"打开"键输出开始。此时，数据从电脑传输至 802C base line 系统 SRAM 区。要想永久保存，再作数据存储（PLC 程序除外）。

恢复试车数据至 802C base line 系统具体操作步骤：

步骤一：连接 RS232 标准通讯电缆。

步骤二：设置 802C base line 系统通讯接口参数，步骤同上。

步骤三：启动 WINPCIN 软件，设定接口参数。

步骤四：在 802C base line 系统上"通讯"功能中，按"输入启动"软菜单键，802C base line 系统处于等待数据输入状态。

步骤五：在 WINPCIN 软件中点击"Send Data"按钮，出现文件选择对话框，输入正确的试车数据文件名，按"打开"传输文件开始。

步骤六：在传输时，802C base line 系统出现警告框，要求用户确认读入试车数据，按"确认"软菜单键后，传输继续。在整个传输过程中，系统会多次自动复位启动，整个过程大约需要 5min，一般不要中途中止传输。在传输结束后，系统恢复标准通讯接口设定，并关闭口令。

其他各类数据由系统传输至 PC 和由 PC 传至数控装置的步骤与上述类似。

第三节　华中数控装置与计算机间的数据传送

华中数控装置数据传送软件可通过 RS232 串口连接线向数控装置发送普通文件，向数控装置上传 PLC 文件及参数文件，从数控装置下载 PLC 文件及参数文件，边传边加工以及发送一串字符等功能。

用户端串口软件的主要功能如下：

1）发送或接收 G 代码文件。可向数控装置端发送任意格式的文件。

2）向数控装置端上传 PLC 文件及参数文件。在用户端，用户通过一个对话框选择一个需要上传 PLC 文件或者参数文件的目录，用户端将会自动将此目录下的多个相关文件全部上传到数控装置端。

3）从数控装置上下载 PLC 文件及参数文件。与上传 PLC 文件及参数文件相似，在用户端，用户通过一个对话框选择一个需要下载保存 PLC 文件或者参数文件的目录，数控装置端将会自动将此目录下的多个相关文件全部下载到上位机端。

4）边传边加工。此功能用于在加工文件过大而数控端存储空间不足时使用，由上位机端一次发送一行或多行加工代码给数控端，所发送的加工代码不在磁盘中存储，只占一部分内存。当加工完成后，内存自动释放。

5）发送一串字符。可用于在两台用户端之间相互通讯。

一、软件界面

图 7-12 为华中用户端串口通讯程序界面。

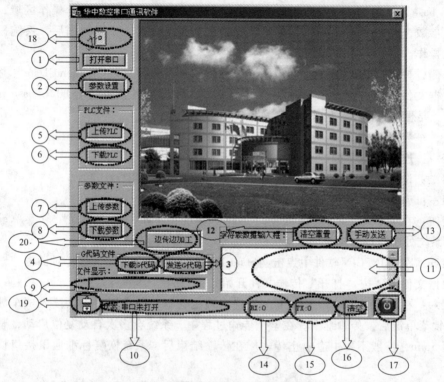

图 7-12　华中数控客户端程序界面

（1）打开串口　用于将所选择的串口打开，如 COM1 串口。

（2）参数设置　用于设置串口通讯中所用到的各种参数。

（3）发送 G 代码　用于发送 G 代码文件。

（4）下载 G 代码　用于将数控装置端中 PROG 目录下的所有 G 代码文件接收到用户所指定的客户端的文件夹中。

（5）上传 PLC　用于将用户选择的客户端 PLC 文件传送到数控装置端。

（6）下载 PLC　用于将数控装置端的 PLC 文件接收到用户所指定的客户端的文件夹中。

（7）上传参数　用于将用户选择的客户端系统参数文件传送到数控装置端。

（8）下载参数　用于将数控装置端的系统参数文件接收到用户所指定的客户端的文件夹中。

（9）文件名显示框　用于显示当前客户端发送的文件名及文件所在的路径。

（10）串口状态显示框　用于显示当前串口的开关状态及各项参数。

（11）字符或数据输入框　用于输入将要发送的字符串。

（12）清空重置 用于清空字符或数据输入框中的内容。

（13）手动发送 用于发送在字符或数据输入框中输入的字符串。

（14）RX 显示接收的字节数。

（15）TX 显示发送的字节数。

（16）清空 将 RX 及 TX 中的数值清零。

（17）退出系统

（18）、（19）图形化显示串口的开关状态

（20）边传边加工 当加工代码过大时，在客户端发送部分加工代码，在数控装置端边接收程序边加工。

二、操作

1. 串口通讯参数的设置及串口的打开

如要完成串口通讯，前提条件就是要将串口通讯线连接好，并且需要打开所接的指定串口。因此，用户在开始使用时就要设置并且打开串口。点击图 7-12 中的标志（1）后就可以打开串口，此时按键上的字会由打开串口变为关闭串口，相应的图 7-12 中标志（18）、（19）的图形也会跟着改变，标志（10）在串口打开时会显示当前串口的各种参数，如图 7-13 所示。用户可通过这些图形得知串口当前的开关状态及串口各项参数值。

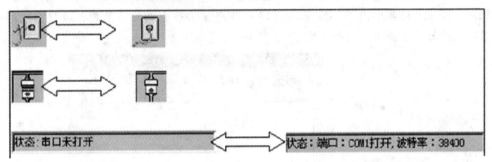

图 7-13 图形化显示串口开关状态

在启动时，对串口参数有一个默认值，其各项默认值为：串口号为 COM1，波特率为 38400，无奇偶校验位，数据位为 8，停止位为 1，无流控制。在一般情况下用户无需修改此初始化默认值，如需修改，可点击图 7-12 中的标志（2），此时将有如图 7-14 的对话框弹出，用户可在下拉菜单中选择所要修改的值，点击确定键，参数修改完成。

2. 发送接收 G 代码文件

发送 G 代码文件的方法：点击图 7-12 中的标志（3）发送 G 代码，此时会弹出图 7-15 所示的对话框。

在图 7-15 中选择用户所需发送的单个文件，再按"打开"键开始发送。

当选择完所要发送的程序后在图 7-12 中的标志（9）会显示所发送的文件路径及文件名，供用户核对。在发

图 7-14 串口参数设置对话框

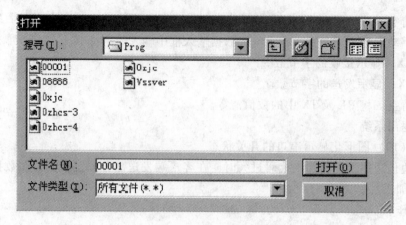

图 7-15　打开文件对话框

送过程中，图 7-12 标志（15）处将显示发送的字节数，发送完成后，用户可通过此处的数字来查看发送的正确性。

下载 G 代码文件的方法：点击图 7-12 中的标志（4），下载 G 代码，此时会弹出图 7-16 所示的对话框，选择用户所需接收的文件夹，选中后再按"确定"键，文件开始接收下载。当选择完所要接收的文件后，在图 7-12 中的标志（9）会显示所发送的文件路径及文件名供用户核对。在发送过程中，图 7-12 标志（14）处将显示接收到的字节数，接收完成后用户可通过此处的数字来查看发送的正确性。

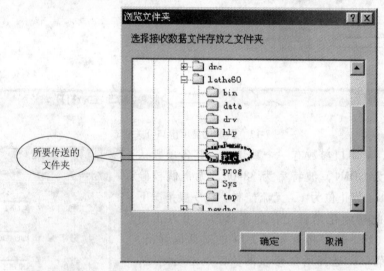

图 7-16　选择文件夹对话框

3. 边传送程序边加工

边传送程序边加工与发送普通文件的操作方法是相同的，也是在图 7-15 中选择一个需要加工的文件，按下"打开"键开始发送。与发送普通文件的方法不同之处是一段一段地发送加工文件，当数控装置端请求发送下一段时才发送。

4. PLC 文件上传及数控装置参数上传

PLC 文件上传是将用户在客户端中所选择的一个目录中的 PLC 文件成批地一次传送给数控装置。

当用户按下上传 PLC 也就是图 7-12 中的标志（5）后，将会弹出一个对话框，此时用户可在对话框中选择所要传送文件的路径。当所选择的对话框中的文件夹的图形是一种打开的形态时，就表示传送此文件夹下的 PLC 文件。

参数文件的上传与 PLC 文件上传的方法是一样的。只是用户所选择的目录应该是参数文件夹。

5. PLC 文件下载及数控装置参数下载

PLC 文件下载是利用串口将数控端的 PLC 文件下载备份到上位计算机。其操作方法是在图 7-12 中点击 PLC 文件下载标志（6），用户只需用鼠标选择一个要备份 PLC 文件的文件夹，点击"确定"即可。

参数下载与 PLC 文件下载相同。在图 7-12 中点击下载参数标志（8），选择所要下载的文件夹即可。

第四节 PLC 地址的定义

一、华中 HNC—21 数控装置的 PLC 地址定义

1. 输入输出信号的定义

在系统程序、PLC 程序中，机床输入的开关量信号定义为 X（即各接口中的 I 信号）；输出到机床的开关量信号定义为 Y（即各接口中的 O 信号）。

将各个接口（HNC—21 本地、远程 I/O 端子板）中的 I/O（输入/输出）开关量定义为系统程序中的 X、Y 变量，需要通过设置参数中的硬件配置参数和 PMC 系统参数实现。

HNC—21 数控装置的输入输出开关量占用硬件配置参数中的三个部件（一般设为部件20、部件21、部件22），如图 7-17 所示。

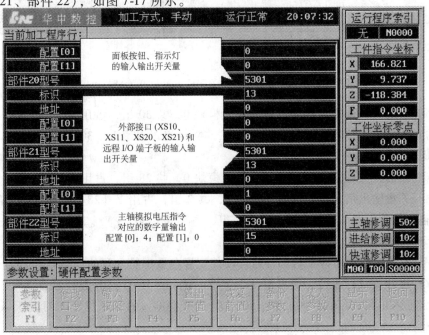

图 7-17 硬件配置参数中输入输出开关量的设置

在 PMC 系统参数中再给各部件（部件 20、部件 21、部件 22）中的输入输出开关量分配占用的 X、Y 地址，即确定接口中各 I/O 信号与 X/Y 的对应关系，如图 7-18 所示。

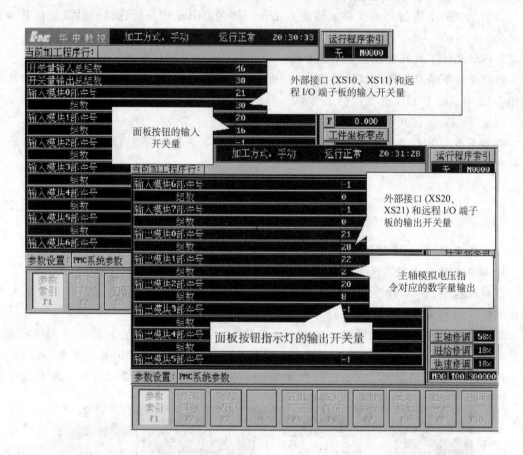

图 7-18　PMC 系统参数中关于输入输出开关量的设置

部件 21 中的开关量输入信号设置为输入模块 0，共 30 组，占用 X［00］~ X［29］；部件 20 中的开关量输入信号设置为输入模块 1，共 16 组，占用 X［30］~ X［45］；输入开关量总组数即为 30 + 16 = 46 组。

部件 21 中的开关量输出信号设置为输出模块 0，共 28 组，占用 Y［00］~ Y［27］；部件 22 中的开关量输出信号设置为输出模块 1，共 2 组，占用 Y［28］~ Y［29］；部件 20 中的开关量输出信号设置为输出模块 2，共 8 组，占用 Y［30］~ Y［37］；输出开关量总组数即为 28 + 2 + 8 = 38 组。

在 PMC 系统参数中所涉及的部件号与硬件配置参数中是一致的。

输入/输出开关量每 8 位一组占用一个字节。例如，HNC—21 数控装置 XS10 接口的 I0 ~ I7 开关量输入信号占用 X［00］组，I0 对应于 X［00］的第 0 位、I1 对应于 X［00］的第 1 位⋯⋯。

按以上参数设置 I/O 开关量与 X/Y 的对应关系如表 7-1 所示。

表 7-1　开关量与 X/Y 的对应关系

信号名	X/Y 地址	部件号	模块号	说　明
输入开关量地址定义				
I0 ~ I39	X［00］~ X［04］			XS10、XS11 输入开关量
I40 ~ I47	X［05］			保留
I48 ~ I175	X［06］~ X［21］	21	输入模块 0	HNC—21 远程输入开关量
I176 ~ I239	X［22］~ X［29］			保留
I240 ~ I367	X［30］~ X［45］	20	输入模块 1	面板按钮输入开关量
输出开关量地址定义				
O0 ~ O31	Y［00］~ Y［03］			XS20、XS21 输出开关量
O32 ~ O159	Y［04］~ Y［19］	21	输出模块 0	HNC—21 远程输出开关量
O160 ~ O223	Y［20］~ Y［27］			保留
O224 ~ O239	Y［28］~ Y［29］	22	输出模块 1	主轴模拟电压指令数字量输出
O240 ~ O303	Y［30］~ Y［37］	20	输出模块 2	面板按钮指示灯输出开关量

HNC—21 数控装置的机床操作面板按钮共 3 排：

第一排有 15 个按钮，输入开关量信号依次为 X［30］和 X［31］的第 0 ~ 6 位，指示灯输出开关量信号依次为 Y［30］和 Y［31］的第 0 ~ 6 位。

第二排有 14 个按钮，输入开关量信号依次为 X［32］和 X［33］的第 0 ~ 5 位，指示灯输出开关量信号依次为 Y［32］和 Y［33］的第 0 ~ 5 位。

第三排有 15 个按钮，输入开关量信号依次为 X［34］和 X［35］的第 0 ~ 6 位，指示灯输出开关量信号依次为 Y［34］和 Y［35］的第 0 ~ 6 位。

2. 标准铣床 PLC 输入/输出定义

表 7-2、表 7-3、表 7-4 分别为华中数控标准铣床输入输出开关量定义。

表 7-2　XS10 输入接口（I0 ~ I19）

引脚号	信号名	标　号	信号定义
13	I0	X0.0	X 轴正向超程限位开关，常开点，闭合有效
25	I1	X0.1	X 轴负向超程限位开关，常开点，闭合有效
12	I2	X0.2	Y 轴正向超程限位开关，常开点，闭合有效
24	I3	X0.3	Y 轴负向超程限位开关，常开点，闭合有效
11	I4	X0.4	Z 轴正向超程限位开关，常开点，闭合有效
23	I5	X0.5	Z 轴负向超程限位开关，常开点，闭合有效
10	I6	X0.6	A 轴正向超程限位开关，常开点，闭合有效
22	I7	X0.7	A 轴负向超程限位开关，常开点，闭合有效
9	I8	X1.0	X 轴回参考点开关，常开点，闭合有效
21	I9	X1.1	Y 轴回参考点开关，常开点，闭合有效
8	I10	X1.2	Z 轴回参考点开关，常开点，闭合有效
20	I11	X1.3	A 轴回参考点开关，常开点，闭合有效
7	I12	X1.4	冷却系统报警，常闭点，断开有效

（续）

引脚号	信号名	标 号	信 号 定 义
19	I13	X1.5	润滑系统报警，常闭点，断开有效
6	I14	X1.6	压力系统报警，常闭点，断开有效
18	I15	X1.7	未定义
5	I16	X2.0	主轴一档（低速）到位，常闭点，断开有效
17	I17	X2.1	主轴二档（高速）到位，常开点，闭合有效
4	I18	X2.2	未定义
16	I19	X2.3	未定义
3	空		
1，2，14，15	24V 地		外部直流 24V 电源接地

表 7-3   XS11 输入接口 （I20 ~ I39）

引脚号	信号名	标 号	信 号 定 义
13	I20	X2.4	外部运行允许，常开点，闭合有效
25	I21	X2.5	伺服电源准备好，常开点，闭合有效
12	I22	X2.6	伺服驱动模块 OK，常开点，闭合有效
24	I23	X2.7	电柜空气开关 OK，常开点，闭合有效
11	I24	X3.0	主轴报警，常闭点，断开有效
23	I25	X3.1	主轴速度到达，常闭点，闭合有效
10	I26	X3.2	主轴零速，常开点，闭合有效
22	I27	X3.3	主轴定向完成，常开点，闭合有效
9	I28	X3.4	未定义
21	I29	X3.5	未定义
8	I30	X3.6	未定义
20	I31	X3.7	未定义
4-7，16 ~ 19	I32 ~ I39	X4.0 ~ X4.7	与 XS8 并联，用于手持单元的坐标选择输入、增量倍率输入、使能按钮输入
3	空		
1，2，14，15	24V 地		外部直流 24V 电源接地

表 7-4   XS20 输出接口 （O00 ~ O15）

引脚号	信号名	标 号	信 号 定 义
13	O00	Y0.0	运行允许，低电平有效
25	O01	Y0.1	系统复位，低电平有效
12	O02	Y0.2	伺服允许，低电平有效
24	O03	Y0.3	SV_ CWL（HSV11 伺服减电流），低电平有效
11	O04	Y0.4	Z 轴抱闸，低电平有效
23	O05	Y0.5	冷却开，低电平有效
10	O06	Y0.6	刀具松，低电平有效

（续）

引脚号	信号名	标　号	信号定义
22	O07	Y0.7	未定义
9	O08	Y1.0	主轴正转（主轴使能），低电平有效
21	O09	Y1.1	主轴反转（主轴使能），低电平有效
8	O10	Y1.2	主轴制动，低电平有效
20	O11	Y1.3	主轴定向，低电平有效
7	O12	Y1.4	主轴一档（低速），低电平有效
19	O13	Y1.5	主轴二档（高速），低电平有效
6	O14	Y1.6	未定义
18	O15	Y1.7	未定义
5	空		
17	ESTOP3		急停回路驱动 KA 继电器控制动力电源的输出端子
4	ESTOP1		急停回路与超程回路的串联接入端子
16	OTBS2		超程限位开关的接入端子
3	OTBS1		超程限位开关的接入端子
1，2，14，15	24V 地		外部直流 24V 电源接地

XS21 中的 O28～O31（Y3.4～Y3.7）与 XS8 手持接口并联，其中 O30 为手持工作指示灯，其他未定义。

二、西门子 802C base line 数控装置的 PLC 地址定义

1. PLC 地址定义

当系统各部件连接完成后，首先必须调试 PLC 程序中的相关动作，如伺服使能、主轴电动机旋转、限位开关动作等。

西门子数控 PLC 数字输入映象寄存器信号定义为"I0.0～I7.7"，在标准车床和铣床中的信号定义见表 7-5；数字输出映象寄存器信号定义为"Q0.0～Q7.7"，在标准车床和铣床中的信号定义见表 7-6。

表 7-5　输入信号定义

X100	用 于 车 床	用 于 铣 床
I0.0	硬限位 $X+$	硬限位 $X+$
I0.1	硬限位 $Z+$	硬限位 $Z+$
I0.2	X 参考点开关	X 参考点开关
I0.3	Z 参考点开关	Z 参考点开关
I0.4	硬限位 $X-$	硬限位 $X-$
I0.5	硬限位 $Z-$	硬限位 $Z-$
I0.6	过载（611 馈入模块的 T52）	过载（611 馈入模块的 T52）
I0.7	急停按钮	急停按钮
X101		
I1.0	刀架信号 T1	主轴低档到位信号

（续）

X101	用 于 车 床	用 于 铣 床
I1.1	刀架信号 T2	主轴高档到位信号
I1.2	刀架信号 T3	硬限位 $Y+$
I1.3	刀架信号 T4	Y 参考点开关
I1.4	刀架信号 T5	硬限位 $Y-$
I1.5	刀架信号 T6	未定义
I1.6	超程释放信号（用于超程链）	超程释放信号（用于超程链）
I1.7	就绪信号（611 馈入模块的 T72）	就绪信号（611 馈入模块的 T72）
X102～X105	在实例程序中未定义	在实例程序中未定义

表 7-6　输出信号定义

X200	用 于 车 床	用 于 铣 床
Q0.0	主轴正转 CW	主轴正转 CW
Q0.1	主轴反转 CCW	主轴反转 CCW
Q0.2	冷却控制输出	冷却控制输出
Q0.3	润滑输出	润滑输出
Q0.4	刀架正转 CW	未定义
Q0.5	刀架反转 CCW	未定义
Q0.6	卡盘卡紧	卡盘卡紧
Q0.7	卡盘放松	卡盘放松
X201		
Q1.0	未定义	主轴低档输出
Q1.0	未定义	主轴高档输出
Q1.0	未定义	未定义
Q1.0	电动机抱闸释放	电动机抱闸释放
Q1.0	主轴制动	主轴制动
Q1.0	馈入模块端子 T48	馈入模块端子 T48
Q1.0	馈入模块端子 T63	馈入模块端子 T63
Q1.0	馈入模块端子 T64	馈入模块端子 T64

2. PLC 参数定义

SIEMENS 802C base line 在出厂时已经预装了车床和铣床的实例应用程序，实例程序为不同的机床接线而设计，即任何输入位既可以按常开连接也可以按常闭连接。通过设定 PLC 机床参数，可以对 PLC 实例应用程序的功能进行配置，满足实际性能要求。表 7-7 和表 7-8 分别为系统 PLC 调试中使用的 MD14512 和 MD14510 的参数定义说明。

表 7-7　MD14512 参数定义

MD14512 机床参数	USER_ DATA_ HEX PLC 机床参数——十六进制							
数据号	位 7	位 6	位 5	位 4	位 3	位 2	位 1	位 0
14512 [0]	定义有效输入位（接口 X100，端子号：0～7）							
	I0.7	I0.6	I0.5	I0.4	I0.3	I0.2	I0.1	I0.0

（续）

MD14512 机床参数	USER_ DATA_ HEX PLC 机床参数——十六进制							
数据号	位 7	位 6	位 5	位 4	位 3	位 2	位 1	位 0
14512 [1]	定义有效输入位（接口 X101，端子号：8~15）							
	I1.7	I1.6	I1.5	I1.4	I1.3	I1.2	I1.1	I1.0
14512 [2]	定义输入位为常闭连接（接口 X100，端子号：0~7）							
	I0.7	I0.6	I0.5	I0.4	I0.3	I0.2	I0.1	I0.0
14512 [3]	定义输入位为常闭连接（接口 X101，端子号：8~15）							
	I1.7	I1.6	I1.5	I1.4	I1.3	I1.2	I1.1	I1.0
14512 [4]	定义有效输出位（接口 X200，端子号：0~7）							
	Q0.7	Q0.6	Q0.5	Q0.4	Q0.3	Q0.2	Q0.1	Q0.0
14512 [5]	定义有效输出位（接口 X201，端子号：8~15）							
	Q1.7	Q1.6	Q1.5	Q1.4	Q1.3	Q1.2	Q1.1	Q1.0
14512 [6]	定义输出位为低电平有效（接口 X200，端子号：0~7）							
	Q0.7	Q0.6	Q0.5	Q0.4	Q0.3	Q0.2	Q0.1	Q0.0
14512 [7]	定义输出位为低电平有效（接口 X201，端子号：8~15）							
	Q1.7	Q1.6	Q1.5	Q1.4	Q1.3	Q1.2	Q1.1	Q1.0
14512 [11]	PLC 实例程序配置							
	刀架控制有效	模拟主轴换档控制			主轴有效	卡紧放松有效	润滑有效	冷却有效
14512 [12]	进给/主轴倍率控制方式配置							
	定义主轴倍率转换速度	定义进给倍率转换速度		开机主轴倍率设置	开机进给倍率设置		倍率控制方式	
14512 [16]	旋转监控				主轴配置			
	Z 轴旋转监控	Y 轴旋转监控	X 轴旋转监控	配备倍率开关	单极性模拟主轴	主轴使能自动取消	调试过程中	
14512 [17]	定义带制动装置的进给电动机			定义回参考点倍率无效的轴				
	Z 轴抱闸	Y 轴抱闸	X 轴抱闸		Z 轴 REF	Y 轴 REF	X 轴 REF	
14512 [18]	定义硬限位螺距			技术设定				
	急停链位生效	Z 单开关硬限位	Y 单开关硬限位	X 单开关硬限位		开机自动润滑一次	驱动优化生效	

表 7-8 MD14510 参数定义

MD14510 机床参数	USER_ DATA_ INT PLC 机床参数——整数
数据号	字（16 位整型数）
14510 [12]	定义：有关进给/主轴倍率控制的时间量设置。按住进给/主轴倍率减速键大于此设定时间值，进给/主轴倍率将直接降至 0% 和 50% 单位：100ms 范围：5~30，若超出此范围，将默认为 15

（续）

MD14510 机床参数	USER_ DATA_ INT PLC 机床参数——整数
数据号	字（16 位整型数）
14510 [13]	定义：有关进给/主轴倍率控制的时间量设置。按住进给/主轴倍率 100% 键大于此设定时间值，进给/主轴倍率将直接变为 100% 单位：100ms 范围：5～30，若超出此范围，将默认为 15
14510 [16]	定义：机床类型 单位：— 范围：0—车床；1—铣床；2—无定义
14510 [17]	定义：驱动器类型 单位：— 范围：0—步进驱动器；1—伺服驱动器；2—无定义
14510 [20]	定义：刀架刀位数 单位：— 范围：4，6，8
14510 [21]	定义：换刀监控时间（换刀必须在该时间内完成） 单位：0.1s 范围：30～200
14510 [22]	定义：刀架卡紧时间 单位：0.1s 范围：5～30
14510 [23]	定义：外部主轴制动时间（适于开关量控制的主轴） 单位：0.1s 范围：5～200
14510 [24]	定义：导轨润滑间隔 单位：1min 范围：5～300
14510 [25]	定义：导轨润滑时间 单位：0.1s 范围：10～200
14510 [26]	定义：X 轴 + 点动键的键号 单位：— 范围：22～30 之间，除 26 以外
14510 [27]	定义：X 轴 - 点动键的键号 单位：— 范围：22～30 之间，除 26 以外
14510 [28]	定义：Y 轴 + 点动键的键号 单位：— 范围：22～30 之间，除 26 以外

（续）

MD14510 机床参数	USER_ DATA_ INT PLC 机床参数——整数
数据号	字（16 位整型数）
14510［29］	定义：Y 轴 - 点动键的键号 单位：— 范围：22 ~ 30 之间，除 26 以外
14510［30］	定义：Z 轴 + 点动键的键号 单位：— 范围：22 ~ 30 之间，除 26 以外
14510［31］	定义：Z 轴 - 点动键的键号 单位：— 范围：22 ~ 30 之间，除 26 以外

　　系统首次上电进行初次调试时，当出现报警号为 700000 的报警信息时，应设定下列 PLC 机床参数。

　　表 7-9 为 PLC 机床参数设定实例。

表 7-9　PLC 机床参数设定实例

设 定 功 能	参 数 值 设 置
设定机床类型	MD14510［16］——0 表示车床，1 表示铣床
定义输入输出	MD14512［0］~［3］——DI16 的输入使能和输入逻辑；MD14512［4］~［7］——DO16 的输出使能和输出逻辑
定义点动键	MD14510［26］——X + 键；MD14510［27］——X - 键；MD14510［30］——Z + 键；MD14510［31］——Z - 键；MD14510［28］——Y + 键（在 MD14510［16］= 1 时）；MD14510［29］——Y - 键（在 MD14510［16］= 1 时）
屏蔽急停信号	MD14512［16］的 bit0 = 1 退出急停
定义使用功能	MD14512［11］： Bit7 = 1，车床刀架有效 Bit6 = 1，铣床主轴换档生效 Bit3 = 1，主轴控制生效 Bit2 = 1，卡紧放松控制 Bit1 = 1，自动润滑生效 Bit0 = 1，冷却控制生效
设定系统参数	MD14512［16］/［17］/［18］

第五节　PLC 状态的显示

　　接口是连接 CNC 系统、PLC 及机床本体的节点。节点是信息传递和控制的通道，通过接口的状态信息通为"1"、断为"0"。若系统带有分立 PLC 时，系统发生故障后，应判断故障是出现在 CNC 系统内部，还是 PLC 或机床侧。通过查看 PLC 状态，用户可以检查机床输入输出开关量信号的状态。另外，用户还可通过查看 PLC 编程用的中间继电器（继电器不是指控制柜中的实际继电器）的状态信息调试 PLC 程序。

一、华中 HNC—21 数控装置

在图 7-19 所示的主操作界面下，按 F5 键进入 PLC 功能子菜单。命令行与菜单条的显示如图 7-20 所示。

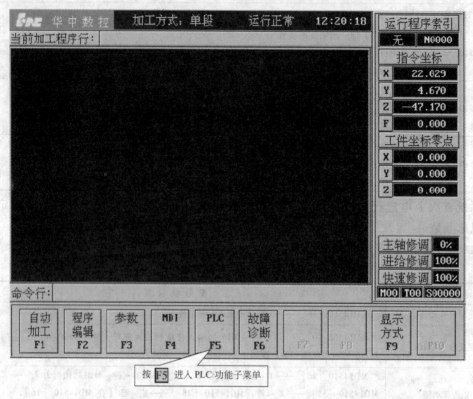

图 7-19 主操作界面

图 7-20 PLC 功能子菜单

在 PLC 功能子菜单中选择 F4，弹出状态选择子菜单，如图 7-21 所示。在状态选择子菜单中，可以用↑、↓键选择要查看的状态。例如按 F1 选择机床输入到 PMC（X），则显示如图 7-22 所示的输入点状态窗口。

X、Y 默认为二进制显示，每 8 位一组，每一位代表外部一位开关量输入或输出信号。例如，通常 X［00］的 8 位数字量从右往左依次代表开关量输入的 I0 ~ I7，X［01］代表开关量输入的 I8 ~ I15，以此类推。同样 Y［00］即通常代表开关量输出的 O0 ~ O7，Y［01］代表开关量输出的 O8 ~ O15，以此类推。

这里 X［00］与 I0 ~ I7 以及 Y［00］与 O0 ~ O7 等的对应关系取决于硬件配置参数和 PMC 系统参数的相关设置，这两部分参数应按要求进行设置。

各种输入/输出开关量的数字状态显示形式，可以通过 F5、F6、F7 键在二进制、十进

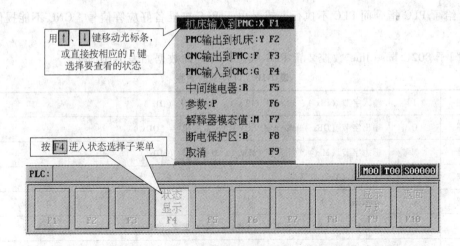

用↑、↓键移动光标条，或直接按相应的F键选择要看的状态

机床输入到PMC:X F1
PMC输出到机床:Y F2
CNC输出到PMC:F F3
PMC输入到CNC:G F4
中间继电器:R F5
参数:P F6
解释器模态值:M F7
断电保护区:B F8
取消 F9

按 F4 进入状态选择子菜单

PLC：   M00 T00 S00000

状态显示 F4

显示方式 F9 | 返回 F10

图 7-21 PLC 功能子菜单与状态选择子菜单

		华中数控	加工方式：自动	运行正常	13:26:22	运行程序索引

当前加工程序行：

机床输入到PMC:X

X[00]	00000000B	X[15]	00000000B	X[30]	00000000B
X[01]	00000000B	X[16]	00000000B	X[31]	00000000B
X[02]	00000000B	X[17]	00000000B	X[32]	00000000B
X[03]	00000000B	X[18]	00000000B	X[33]	00000000B
X[04]	00000000B	X[19]	00000000B	X[34]	00000000B
X[05]	00000000B	X[20]	00000000B	X[35]	00000000B
X[06]	00000000B	X[21]	00000000B	X[36]	00000000B
X[07]	00000000B	X[22]	00000000B	X[37]	00000000B
X[08]	00000000B	X[23]	00000000B	X[38]	00000000B
X[09]	00000000B	X[24]	00000000B	X[39]	00000000B
X[10]	00000000B	X[25]	00000000B	X[40]	00000000B
X[11]	00000000B	X[26]	00000000B	X[41]	00000000B
X[12]	00000000B	X[27]	00000000B	X[42]	00000000B
X[13]	00000000B	X[28]	00000000B	X[43]	00000000B
X[14]	00000000B	X[29]	00000000B	X[44]	00000000B

无 N0000

指令坐标
X 22.029
Y 4.670
Z -47.170
F 0.000

工件坐标零点
X 0.000
Y 0.000
Z 0.000

主轴修调 0%
进给修调 100%
快速修调 100%

PLC：   M00 T00 S00000

状态显示 F4 | 二进制显示 F5 | 十进制显示 F6 | 十六进制显示 F7 | | 显示方式 F9 | 返回 F10

图 7-22 机床输入到 PMC：X

制和十六进制之间切换。若所连接的输入元器件的状态发生变化（如行程开关被压下），则所对应的开关量的数字状态显示也会发生变化，由此可检查输入/输出开关量电路的连接是否正确。

HNC—21 数控装置输入/输出地址定义：X［00］～X［29］为外部开关量输入信号，X［30］～X［45］为内部面板输入信号，Y［00］～Y［27］为外部开关量输出信号，Y［28］～Y［29］为主轴模拟电压指令数字输出信号，Y［30］～Y［37］为输出到内部面板信号。

二、西门子 802C base line 数控装置

要熟悉 CNC 与 PLC 之间信息交换的内容，必须要熟悉各测量反馈元件的位置、作用及发生故障时的现象与后果。搞清楚某一个动作不执行是由于 CNC 没有给 PLC 指令，还是由于 CNC 给了 PLC 指令而 PLC 不执行，或是由于 PLC 未准备好应答信号，CNC 不能提供该指令等等。

西门子 802C base line 数控装置 PLC 状态下可查询数据如表 7-10 所示。

表 7-10 可查询的数据

输入端	I	输入字节（IBx）、输入字（IWx）、双输入字（IDx）
输出端	Q	输出字节（QBx）、输出字（QWx）、双输出字（QDx）
标志器	M	标志字节（Mx）、标志字（MW）、双标志字（MDx）
定时器	T	定时器（Tx）
计数器	C	计数器（Cx）
资料	V	数据字节（VBx）、数据字（VWx）、双数据字（VDx）
格式	B H D	二进制 十六进制 十进制 在双字方式中不可以使用二进制。计数器和定时器使用十进制

PLC 调试步骤：按"诊断"→"调试"→"PLC 状态"，进入图 7-23 界面，键入所要查询的 PLC 数据→回车确认。图 7-23 中为查询"IB0"的状态。

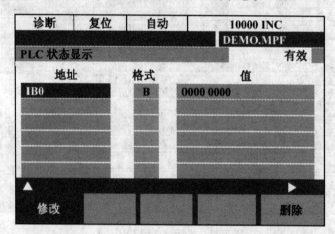

图 7-23　PLC 状态查询

第六节　西门子数控装置维修实验台实训

一、数控维修实验台的部件认识

1. 实训目的

了解实验台的组成部件及其基本功能，熟悉数控装置的接口及其功能。

2. 实训内容

对照实验台，分别指出表 7-11 中各个部件的功能和作用，并进行简单的描述。表 7-12 中要填写各个系统接口的功能。

表 7-11　实验台部件功能

名　称	型　号	功能描述
数控装置		
变频器		
伺服驱动装置		
步进驱动装置		
编码器		
断路器		
接触器		
继电器		
开关		
其他部件		

表 7-12　系统接口功能

接口代号	接口名称	接口功能说明
X1		
X2		
X3		
X4		
X5		
X6		
X7		
X10		
X20		
X100 ~ X105		
X200、X201		

二、数控装置的连接与调试

1. 实训目的

熟悉数控装置的接口及其基本功能，通过电气原理图能进行数控装置各部件之间的连接，掌握数控装置主要功能的调试方法。

2. 实训内容

（1）数控装置的连接

1）数控装置输入输出开关量控制接线的连接。

2）数控装置和进给交流伺服电动机驱动装置控制线的连接。

3）数控装置和主轴变频器控制线的连接。

4）进给交流伺服电动机电源线的连接。

5）主轴交流电动机电源线的连接。

6）反馈电缆及其他控制信号线的连接。

（2）系统功能调试

1）按要求合上电源开关通电。

2）按旋转方向指示旋转并拨起数控装置右上角的"急停"按钮，并使系统复位。

3）按 MCP 面板上按钮 K1，给驱动装置提供使能信号。

4）使系统工作于回参考点方式，依据表 7-5，使用实验台上相应开关作为数控机床参考点开关，并分别按压"+X"、"+Y""+Z"执行回参考点。

5）将系统设置为手动工作方式，分别按压"-X"、"-Y"、"-Z"，使进给轴向负方向移动一段行程。

6）将系统设置为手动工作方式，按压主轴正转、停止和反转按钮，测试主轴电动机的工作状态。

7）编写一段程序并自动运行，观察实验台的工作状态。

8）按下"急停"按键，并切断实验台总电源。

三、交流伺服电动机驱动装置调试

1. 实训目的

熟悉交流伺服系统的构成、原理，以及数控装置、伺服电动机和驱动器的互联，了解伺服驱动的一般维护方法。

2. 实训内容

根据第六章第二节内容和图 6-33 的接线方式，连接好数控装置和交流伺服驱动器之间的连线，完成表 7-13 中相关实验内容。

表 7-13 交流伺服驱动器实训内容

序号	实验项目	实验结果描述
1	将 X 轴驱动器上的编码器反馈电缆断开，在 JOG 方式下运行 X 轴	
2	将数控装置连接到 X 轴驱动器上的 AGND1 和 AO1（实验台上 CP+ 和 CP-）信号线断开	
3	将数控装置连接到 X 轴驱动器上的 SE1.1 和 SE1.2（实验台上 EN+ 和 EN-）信号线断开，在 JOG 方式下运行 X 轴	
4	MDA 方式下，运行 G1 G91 X100 F100 和 G1 G91 X-100 F100，用万用表（直流电压档）分别测量实验台上 CP+ 和 CP-、EN+ 和 EN-之间的电压值	
5	MDA 方式下，运行 G1 G91 X100 F300 和 G1 G91 X-100 F300，用万用表（直流电压档）分别测量实验台上 CP+ 和 CP-、EN+ 和 EN-之间的电压值	

四、主轴交流电动机变频器调试

1. 实训目的

熟悉三相交流电动机变频调速的工作原理、数控装置与变频器的连接方式，掌握变频器的外部信号控制模式，了解变频器数字操作键盘的使用。

2. 实训内容

根据第六章第三节内容和图 6-35、图 6-37 的接线方式，连接好数控装置和变频器之间的连线，完成表 7-14 中相关实验内容。

表 7-14 主轴电动机变频器实训内容

序号	实验项目	实验结果描述
1	将实验台上与数控装置 Q0.0 信号相连的中间继电器常开触点分别与变频器的 FWD 和 REV 端子相连，在 JOG 方式下控制主轴正转和反转，观察主轴电动机的旋转方向	
2	MDA 方式下，运行 M3 S500 和 M3 S1000，用万用表（直流电压档）测量实验台上 AO 和 AO - 之间的电压值	
3	MDA 方式下，运行 M4 S500 和 M4 S1000，用万用表（直流电压档）测量实验台上 AO 和 AO - 之间的电压值	
4	将数控装置 AGND4、AO4（实验台上 AO、AO -）与变频器之间的连线断开，在 JOG 方式下控制主轴电动机	
5	将数控装置 Q0.0、Q0.1 与变频器之间的连线断开，在 JOG 方式下控制主轴电动机正转和反转	
6	将变频器与数控装置之间所有连线断开，通过外部开关和电位器实现主轴电动机的速度控制	

习题与思考题

7-1　*X* 轴不能正确回参考点，请分析可能原因。

7-2　什么原因使交流伺服电动机工作方向与实际方向相反，如何解决？

7-3　什么原因使主轴交流电动机工作方向与实际方向相反，如何解决？

7-4　MDA 方式下，执行 M3 S800 主轴交流电动机运行正常，但运行 M4 S800 时主轴电动机不运转，请分析可能原因。

7-5　说明如何通过数控装置功能菜单查看故障类型？

7-6　分别说明西门子 802C base line 数控装置和华中 HNC—21 数控装置回参考点开关输入信号定义端子有哪些？

7-7　西门子 802C base line 数控装置用于车床时，与刀架相关的信号有哪些？用原理图表示其连接方式。

7-8　华中 HNC—21 数控装置用于铣床时，与超程和回参考点相关的信号有哪些？用原理图表示其连接方式。

参 考 文 献

［1］任东. 数控车床操作指南 ［M］. 长沙：湖南科学技术出版社，2005.

［2］朱晓春. 数控技术 ［M］. 2 版. 北京：机械工业出版社，2007.

［3］杨克冲，陈吉红，等. 数控机床电气控制 ［M］. 武汉：华中科技大学出版社，2005.

［4］周兰，陈少艾. 数控机床故障诊断与维修 ［M］. 北京：人民邮电出版社，2007.

《数控技术实训教程》

（张南乔　主编）

读者信息反馈表

尊敬的老师：

您好！感谢您多年来对机械工业出版社的支持和厚爱！为了进一步提高我社教材的出版质量，更好地为我国高等教育发展服务，欢迎您对我社的教材多提宝贵意见和建议。另外，如果您在教学中选用了本书，欢迎您对本书提出修改建议和意见。

一、基本信息

姓名：_____　性别：_____　职称：_____　职务：_____

邮编：_____　地址：_____

任教课程：_____　电话：____—_____（H）_____（O）

电子邮件：_____　手机：_____

二、您对本书的意见和建议

（欢迎您指出本书的疏误之处）

三、您对我们的其他意见和建议

请与我们联系：

100037　机械工业出版社·高教分社　刘小慧　收

Tel：010—8837 9712，8837 9715，6899 4030（Fax）

E-mail：lxh@ mail. machineinfo. gov. cn